MW01227904

El cuento sacrílego y pecaminoso en Honduras

Froylán Turcios
Arturo Martínez Galindo
Alejandro Castro h.
Jorge Medina García
Javier Suazo
Kalton Bruhl
Darío Cálix
Ernesto Bondy
J.J. Bueso
Dennis Arita
Ness Noldo

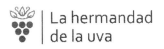 La hermandad de la uva

El cuento sacrílego y pecaminoso en Honduras/VV. AA.

© Froylán Turcios, Arturo Martínez Galindo, Alejandro Castro h., Jorge Medina García, Javier Suazo, Kalton Bruhl, Darío Cálix, Ernesto Bondy, J.J. Bueso, Dennis Arita, Ness Noldo.

Todos los derechos reservados.

© Sobre la presente edición:

La Hermandad de la Uva Editores, 2022

FACEBOOK   INSTAGRAM

Correo electrónico: hermanauva@gmail.com

Ilustración: *Las tentaciones* – Alejandro Discua
Diseño de cubierta: Salvador Chinchilla

Primera edición
ISBN: **9798794446425**

*Dame, Señor, la castidad y la continencia,
pero no ahora.*
SAN AGUSTÍN

CONTENIDO

ACLARACIÓN

La presente colección de cuentos no pretende herir la susceptibilidad del lector. Simplemente detectamos en los autores aquí reunidos temáticas en común. Algunos textos incluso podrían catalogarse como de defensa a la fe cristiana. Creemos de manera ferviente que estamos en la mejor época para que este primer volumen vea la luz y pueda ser disfrutado y discutido.

UN DECÁLOGO DE ONCE PLUMAS PROFANAS

Un sacerdote acosado por sensuales fantasías demoniacas que termina consumido en vida y cuyo final violento une esos elementos que Georges Bataille analiza brillantemente en su texto *El erotismo* (1957). Me refiero al cuento "Amor sacrílego" de Froylán Turcios, escrito en 1904 y que es parte de su libro *Hojas de otoño*, un cuento que a la luz del 2022, año en que escribo este prólogo, continúa siendo fascinante y paradigmático en la literatura hondureña así como fundacional.

Eros y Tánatos, amor y muerte, deseo y violencia, lo sagrado y lo profano. Las tinieblas en la aparente luz, la luz en las aparentes tinieblas. Cuando descubrí el texto no pude dejar de contárselo a todo aquel dispuesto a escucharme. No podía creer que en 1904 un hondureño se hubiera atrevido a publicar semejante relato entendiendo que el contexto de esos años era el de una sociedad con una cristiandad casi absoluta. Esta opinión la compartieron las personas que me escucharon o que también lo habían leído. "¿Y no censuraron el libro?", "¿Y no excomulgaron al poeta?"

Cabe mencionar que por la misma época, Lucila Gamero de Medina, muy amiga de Turcios, causó revuelo con su novela *Blanca Olmedo* (1908), en donde presentaba una imagen poco amable del catolicismo personificada en la figura de un sacerdote. La novela romántica más prohibida del país bien podríamos decir ahora, y por eso de las más leídas, porque como nos dice nuestro pensamiento rebelde: prohíbeme algo y lo desearé con fervor.

Froylán Turcios en "Amor sacrílego" inaugura una vertiente poco estudiada de la literatura hondureña, el afán por lo sacrílego unido a lo erótico, que en el presente título denominamos como "pecaminoso". No

13

me detendré en la evidente influencia de la literatura de
Edgar Allan Poe y toda la prosa gótica en la escritura de
Turcios, pero se percibe con mayor evidencia en cuanto
penetra en la psicología del personaje. Ese cura, que se
considera más miserable que un pordiosero por no
poder disfrutar de los frutos prohibidos a su alrededor,
también nos recuerda al prior Ambrosio de la novela *El
monje* (1796) de Matthew Lewis. En un estilo
grandilocuente y con reflexiones filosóficas, nos
hundimos en la desolación del personaje hacia el
abandono de su fe y a la vez nos deleitamos con el poder
de sus fantasías carnales. El padre descubre el amor,
pero lo descubre en el cuerpo femenino más prohibido
de todos, un sacrilegio que abraza mortalmente al final
de la narración.

Cabe destacar que Turcios no fue el único que vio en
el decadente poeta de Baltimore una fuente de placeres
profanos, también encontramos homenajes a Poe en
Arturo Martínez Galindo, quien con su cuento "El padre
Ortega" (1940) continúa con la vertiente inaugurada por
Turcios[1]. De nuevo la figura del sacerdote es el centro
de la narración, pero esta vez se nos presenta como una
figura patética, ingenua hasta el punto de enternecer,
pero no por eso menos controversial.

Martínez Galindo, con un estilo menos
grandilocuente y efectista que el de Turcios y no por eso
inferior, nos deja una narración sacrílega más cercana
a la realidad. Algunos pueden decir que el padre Ortega
desea carnalmente a Marta y que por eso la
sobreprotege, pero las pistas que nos da Galindo van
por el lado de un viejo anulado en su condición
masculina hasta el punto de repetirle a su pupila que él
se considera como una madre para ella y no un padre,
como vendría a ser lo más lógico. Esta anulación de la
masculinidad tiene su origen en Sebastiana, la hermana

---

[1] Las referencias a Poe más directas las encontramos en "Sombra", su
relato más destacado.

dictadora que llevó al padre Ortega a ponerse los hábitos porque ella quería poder presumir ante sus vecinas que tenía un hermano sacerdote.

El padre Ortega no lidia con sus propios apetitos carnales sino con la condición mundana de la vida misma que amenaza con dejarlo sin su única compañía. Marta ya es una mujer y Bartolito, su ayudante, lo sabe y le anda ganas. Ortega trata de evitar lo inevitable a través de la prohibición, error fatal, y complementa su misión evangelizadora con aburridos tratados sobre la virtud y la fe. No deja de ser irónico que le lee a Marta fragmentos de un manual de San Agustín, uno de los pecadores más insignes de la Iglesia Católica. En el cuento de Turcios la tormenta del deseo viene desde adentro del templo sagrado, crece en el interior del personaje principal; el erotismo es siempre algo interior, menciona Bataille en la obra citada.

En el cuento de Martínez Galindo el deseo también crece desde adentro con la pareja de jóvenes, pero al padre parece llegarle desde afuera: Bartolito rompe su prohibición y se introduce por la ventana de Marta. El deseo se encama con la muchacha, se concreta a través de la carne, sin que Ortega pueda hacer nada al respecto, su llanto es de derrota. Estas dos tendencias, adentro y afuera, serán las principales conexiones con los siguientes textos de esta selección.

No deja de ser curioso, por lo tanto, que el cuento de Galindo lleve dedicatoria para Alejandro Castro h., puesto que en "Casas vecinas" (1956), el tercer cuento presentado aquí, Castro nos muestra los caminos de Turcios y de Galindo en una deliciosa metáfora de una casa conservadora en donde tres castas hermanas se verán aturdidas y tentadas por los placeres desenfrenados que ocurren en la animada casa vecina.

Esos deseos internos que han tratado las Landívar de mantener a raya contrastan con las orgías de las vecinas, dicho contraste tienen a la niña Concha, la mayor, y a la niña Rosario, la menor, como depositarias de dos posturas frente al deseo que viene desde afuera, pero que también crece desde adentro. Rosario al ser todavía muy joven, comienza a experimentar sensaciones voluptuosas al espiar a las mujeres; por el lado de Concha, su ruina espiritual se manifiesta a través del desengaño, pues todo en lo que había creído se derrumba ante cada nueva revelación de las meretrices. Concha ve desfilar a los "mejores hombres" de su alta sociedad en la casa de las trabajadoras sexuales, lo cual la llena de un orgullo lunático ante su propia castidad.

Castro desvía nuestra atención hacia el feligrés y se olvida de los sacerdotes, porque la casa de las Landívar representa la superioridad moral que algunas familias adineradas creen tener; la casa de las prostitutas es la inestabilidad, la fuerza salvaje del libido capaz de contagiar las impenetrables paredes de la casa grande. En términos freudianos, el Superyó y el Ello frente a frente. Los monstruos del deseo invadiendo la psiquis de las tres hermanas para siempre.

La figura del sacerdote en apuros vuelve con "El amanecer del padre Manuel" (1989) de Jorge Medina García, quien en una divertida narración nos muestra también esa mundanidad que se filtra sin que se pueda hacer algo al respecto. En este caso, el padre Manuel es víctima del furor pueblerino con su feria patronal. Trata, sin éxito de dormir por varias noches consecutivas. El atronador ruido de la música amenaza con volverlo un desquiciado y en última instancia abandona la casa cural para buscar refugio en su iglesia. Por el camino se encuentra con borrachos, prostitutas y con toda la fauna típica de una feria patronal. El padre Manuel no logra su objetivo, resignado por el cansancio queda hombro a hombro junto al pecado. El retrato que Medina García hace del padre Manuel es bastante benevolente, contrario a lo que podemos observar en otros de sus cuentos donde el tema religioso es abordado desde una actitud más severa. El autor parece decirnos que al final, muchos sacerdotes deambulan ajenos a lo mundano hasta que se estrellan de frente contra el mundo.

Hasta el momento vemos que los sacerdotes no siempre son representados como verdaderos antihéroes, sino como seres que tienen que luchar contra una circunstancia pecaminosa o de orden espiritual. En el divertido cuento "El sermón" (1999) de Javier Suazo, asistimos a una misa muy especial: el padre Occhiena está dando un sermón realmente inspirador y los principales personajes del pueblo están presentes, el problema es que a misa ese domingo ha llegado Rosaura, la celestina del pueblo, junto a su séquito de muchachonas. El ambiente es tenso y el padre Occhiena lejos de dejar que los feligreses impongan su voluntad de sacar de misa a las prostitutas, aprovecha el momento para hablar del amor al prójimo. Está claro que la postura del cura es progresista, y quienes manifiestan una actitud conservadora son los feligreses, algunos son clientes de las chicas y no quieren verse enfrentados cara a cara con su propia hipocresía. La decisión final de Occhiena es temeraria, puesto que les permite a las prostitutas comulgar y les niega la ostia al resto de los asistentes.

Uno de los temas principales del relato de Suazo es la doble moral del cristiano dominguero. Las prostitutas rompen el contexto de la misa o de lo que se espera de una misa en toda su ritualidad. Occhiena, probablemente aburrido de los mismos rostros de siempre, ve en el acercamiento de lo "pecaminoso" a lo "sagrado", la oportunidad perfecta para salir de su letargo y por consecuencia, inspirar a su feligresía con un sermón entre los límites del amoroso cielo de la aceptación y del infierno del deseo y la condenación. Evidentemente, no tiene éxito, porque sus feligreses solo quieren una homilía de trámite para poder volver a sus casas y fingir llevar una vida decente. He allí que la decisión final del padre los deja sin esta posibilidad.

Seguramente habrá consecuencias para el buen Occhiena por su actuación, pero como lectores solo podemos especular.

En el relato "El reencuentro" (2014) de Kalton Bruhl, no hay ni sacerdotes ni feligreses, sino un personaje más cercano al ciudadano moderno no creyente. El protagonista se dispone a jugar un videojuego llamado "Reino del dios loco", pero llaman a su puerta de manera insistente. No le gusta la idea de que sean los mormones o los testigos de Jehová. De manera cínica hace un recuento de las principales ideas de dichas religiones. Al ver que siguen llamando se resigna a abrir la puerta. A partir de allí asistimos a un encuentro sexual donde el protagonista recibe los favores de una excompañera que lo había rechazado y tratado mal en el pasado. El texto de Bruhl aborda el tema del castigo y de la culpa, el personaje de Samantha parece estar condenado a reparar el daño emocional que le causó a muchos hombres que mostraron interés por ella. Parece necesitar ese perdón de ellos para poder continuar purgando su sentencia en el más allá, aunque se encuentre entregando su cuerpo en el "más acá".

Bruhl, por medio de un relato en clave de humor negro, nos complace e inquieta a partes iguales. Al terminar de leerlo nos quedan varias incógnitas respecto a la aparente condena del personaje femenino o de si el narrador está inmerso en el mundo del videojuego del futuro y todo es parte de la fantasía del "dios loco". Que su amigo también reciba a la chica nos hace pensar en un videojuego en modo multijugador entre perdedores de secundaria. Uno puede pensar mucho en ambos puntos, pero quizá lo más sencillo sea adoptar la actitud del narrador y disfrutar de Samantha sin importarnos su suerte.

En "El último Tango en San Pedro" (2015) de Darío Cálix también encontramos un personaje no muy amigo de las religiones. El personaje principal, también llamado Darío Cálix, es perseguido por una mujer fatal que opera a manera de dragón de Komodo, quien ha infectado a Cálix (por medio de un par de legendarias cogidas) con un virus que en pocos días lo sumergirá en un letargo mortal. Mientras esto ocurre el personaje pasa por un periodo paranoico en donde cree ver a Rosa de Komodo por todas partes. En su angustia, Cálix entra a la catedral del centro de San Pedro Sula y allí aparece la escena más sacrílega del cuento, ve en el rostro de la virgen María el rostro de Rosa de Komodo. El personaje del cuento es el "típico pecador" que acude a la religión cuando ya simplemente no sabe qué hacer, como el adicto acude a rehabilitación cuando está totalmente acorralado. Komodo, que representa a una "puta cazadora de bolos", le habla desde la imagen de la madre de Cristo, es decir, desde la imagen de la mujer más inmaculada de la cultura occidental. Esta atrevida fusión le da al cuento varios simbolismos de corte iconoclasta. Al personaje lo persigue una "inmaculiada" y no lo salvará ninguna santa. Ya está en un punto sin retorno.

Los sacerdotes vuelven en el cuento "El seminarista de los ojos rojos" (2017) de Ernesto Bondy. Aunque en realidad se trata de un seminarista y no de un sacerdote. Al igual que el cura de Turcios, este personaje es acosado por pensamientos carnales. El muchacho, muy joven a todas luces, todos los domingos se dedica a deleitar sus ojos con los escotes y cualquier centímetro de carne femenina que encuentra entre la feligresía. Durante la semana se dedica a lastimarse y a realizar toda clase de tareas agotadoras para "expiar sus culpas". No hay final trágico en el cuento, pero sí un final realista, y es que el joven monaguillo está en medio de dos grandes temas: lo sagrado y lo profano.

El "erotismo divino" ya visto en el cuento de Turcios, en Bondy es tratado con menos solemnidad y más sentido del humor. Desde el título nos plantea este juego. Cualquiera podría haber pensado que los ojos rojos del seminarista eran por fumar marihuana, pero no, al muchacho lo atacan sus inevitables hormonas y la patética lucha contra su fogosidad lo tienen sin poder dormir. Quizá el verdadero sentido del cuento es el contrapunto del final. Por un lado Micaela, altiva y ajena a los pensamientos lujuriosos del chico, se marcha hacia el colorido mundo, mientras el seminarista con sus "ojos enrojecidos" vuelve a su claustro gris.

En "Dios proveerá" (2021), cuento de mi autoría, no pude evitar intentar unirme a estos autores. El relato criminal que escribo lo hago desde la perspectiva de un narrador que extraña lo sacrílego y lo pecaminoso porque para él esas nociones ya son bien escasas. Ha exprimido tanto la vida ese narrador, que ve en la relación prohibida de una exalumna con un párroco, un relato en los límites de su propio deseo y desquicio. Como tratar de explicar mi propio relato en el prólogo que escribo y que acompaña a mi propia recopilación de autores se siente como masturbarse en público, dejaré que los lectores saquen sus propias conclusiones y continuaré con el siguiente relato.

En "De generación en degeneración" (2022) de Dennis Arita, nos muestra dos personajes masculinos que desde sus mundos opuestos se han aprovechado de su posición de poder: el del profesor, al involucrarse con una alumna y el del cardenal, al abusar sexualmente de menores de edad de ambos géneros. El choque entre estos personajes se va gestando en una atmósfera que augura un desenlace fatal. Arita escribe sin eufemismos, con un lenguaje que tiene toda la libertad de un narrador en forma. El cuento inicia con la siguiente oración: "El hombre al que se la estaban mamando en la foto era él, Vicente Vega". Si alguien tenía dudas respecto a que si toda la literatura hondureña actual era temerosa, mojigata, quedabién, Arita lo desmiente en una sola línea. Dennis nos lleva directamente al conflicto entre los dos personajes para luego irnos desenredando los pormenores o más bien, los "porno-menores" de una situación tan desafortunada como degenerada. Ambos extremos, el profesor y el sacerdote, tienen más oscuros que claros. Ambos representan el abuso y el oportunismo. Como lectores nos sentimos más tentados a inclinar la balanza en contra del cardenal, porque aún entre ambos extremos, queremos algún tipo de justicia. Necesitamos que alguien se arrodille, pero no para pedir perdón. El cuento final del presente libro es quizá el más nihilista de todos, pero no por eso el menos irónico.

El cuento "Un argumento inválido" (2022) de Ness Noldo cierra la presente selección. Nos enfrentamos a un relato incómodo por su crudeza. Se desarrolla en una atmósfera pesada y no muy agradable en un bar, en donde un ateo discute con un manco adventista.

El discurso del personaje narrador es sacrílego, antirreligioso y las acciones de los personajes son contradictorias. El manco tiene una relación homosexual, pero también predica la palabra de Dios y se atreve a emitir juicios respecto al ateísmo de su contraparte.

El personaje narrador es de un cinismo exorbitante, tanto que no duda en reírse del manco y de enfrentarse a golpes con él. Sin embargo, uno no puede ir por la vida moviéndose con tanto cinismo, porque la vida misma parece castigarte y a veces con gran ironía. Estoy seguro de que la intención de Ness era incomodarnos como lectores y debo decir que lo logró y por mucho. Incluso estuve debatiéndome entre si incluirlo o no en esta selección.

Esto ocurrió al principio, porque entre más lo meditaba más razones encontraba para poner el pecho por él. Está impecablemente escrito. Se lo conté a varios amigos escritores y opinaron que era fuerte, pero que sonaba muy interesante y deseaban leerlo. Se lo mandé a Dennis Arita, quien contestó: "Me dio una risa incómoda". Luego pensé en la nota aclaratoria que precede el presente escrito y llegué a la misma conclusión: ¿Qué mejor época que la actual para debatir sobre estos temas? ¡Que viva la buena literatura hondureña!

No dudo que haya más autores que toquen ambos temas a la vez. Tampoco dudo que estos tópicos vayan unidos a otros de igual o mayor relevancia. Muy probablemente quedaron afuera de esta selección varios nombres de peso en las letras nacionales. No pretendo haberlos encontrado a todos y mi afán no fue excluir a nadie. La presente selección es solo el primer acercamiento al tema. Continúo con mi búsqueda y espero en el futuro poder presentar una segunda parte. También espero que disfruten cada una de estas once piezas.

Saludos, especialmente a vos, bicho raro, que te gusta leer los prólogos.

Juan José Bueso,

La Hermandad de la Uva Editores
(3 de marzo, 2022).

AMOR SACRÍLEGO
Froylán Turcios

I

En la celda sombría yace arrodillado el joven sacerdote ante un Cristo de bronce, que, desde la altura de su cruz de mártir, lo mira sollozar, impasible. Aquella figura trágica e inmóvil aparece ante él con la implacable severidad de un juez que castiga, pero que no consuela. En vano suplica y llora: su ruego sale de su garganta como un estertor de agonía y se retuerce los brazos y se arrastra por el suelo, presa de una desesperación delirante.

En vano humilla su frente sobre el polvo: después de su paroxismo de locura se ve otra vez solitario, en medio del cuarto desmantelado: ve al Cristo con su eterna sonrisa moribunda, con el rostro lívido e indiferente, iluminado por la luz de una vela de cera; se ve él mismo con el traje en desorden y el semblante descompuesto.

Levantose y se dirigió a la ventana. El viento fresco

de la noche secó sus lágrimas y le devolvió la serenidad de ánimo que tanto necesitaba.

Apoyado contra el muro, dejó vagar su espíritu por los espacios del sueño, mientras sus ojos admiraban el paisaje nocturno que se extendía a lo lejos, y a su oído llegaban los rumores del campo, las armonías de la naturaleza, todos esos ruidos extraños de la medianoche que llenan el cerebro de misteriosos pensamientos. El murmullo de la hoja seca que rueda sin cesar, la queja de la brisa entre los árboles del bosque, el reclamo del pájaro soñoliento en su nido de plumas formaban una vaga y triste sinfonía que iba a acariciar su alma en pleno duelo —su alma tempestuosa y ardiente—, abrasada de un amor satánico, de una pasión criminal, hija maldita del insomnio y de la fiebre.

Allí estaba, cual un obscuro Prometeo, devorado por el cuervo de la lujuria; cual un Satanás impío, rebelado contra su Dios. Allí estaba su espíritu orgulloso y altivo, humillado ante la desesperación del deseo brutal que le mordía las carnes. Bajo el negro traje conventual se agitaba su cuerpo, devorado sin piedad por la serpiente del sacrilegio: bajo la cruz de marfil se revolvía su corazón mundano en convulsiones que hacían temblar la cárcel de su pecho.

¡Ah! ¡Si él hubiera podido arrancárselo de ahí, pisotear aquella masa de carne miserable y morir purificado por el arrepentimiento! Pero no: ¡que no había fuerza capaz de calmar el ansia de amores y placeres que le quemaba la sangre y había calcinado sus venas con un fuego infernal, con una lava derretida que le hacía lanzar gritos de espanto!

La vocación de sus primeros años le convirtió en un sacerdote modelo, en un padre espiritual y consolador, en una especie de arcángel aureolado de un misticismo glorioso. Era en verdad un San Luis Gonzaga por su delicada belleza femenina y la celestial dulzura de sus ojos: un gallardo sacerdote cristiano, lleno de la abnegada mansedumbre del apóstol y de la humilde benevolencia de un ministro de Dios.

En el claustro todos admiraban su porte severo y digno, en el que se reflejaba la inquebrantable firmeza de su fe. Su rostro marmóreo, de una impasibilidad austera, de una armónica suavidad de líneas, no sonreía jamás. Era severo, con una severidad simpática que atraía las almas. Su fama de santo hizo de él un sacerdote venerado, y nadie pronunciaba su nombre sin acompañarlo de una bendición.

Ejemplo de virtud, modelo de pureza, la Fe, la Esperanza y la Caridad fueron sus pasiones de adolescente. Y en plena juventud, cuando apenas el sol de veintitrés primaveras había dorado su cabeza, marchaba por su camino religioso, al rumor de las plegarias, entre las tempestades mundanas, con los ojos fijos en el Cielo. La única luz que hirió sus ojos en sus veladas místicas fue la que iluminaba el Cristo de su celda; el único contacto humano, el de sus compañeros; el aroma que acarició sus sentidos, el perfume del incienso. Jamás entre las suyas había estrechado una mano de mujer. Jamás —como no hubiera sido en el confesonario— la dulce música de una voz femenina arrulló sus oídos de santo. Su virtud llegó a la cima sin haber conocido el infierno de las tentaciones. Y el día en que quiso mirar al abismo, las llamas infernales quemaron su traje de sacerdote, devorando su cuerpo.

Él entrevió, a través del prisma de su vida impecable, a través de la monotonía de su existencia, un algo sin nombre, un paraíso terreno, más grato y tentador que el paraíso de las leyendas cristianas. Tras los muros de granito del convento se agitaba la muchedumbre, loca y feliz; ¡la muchedumbre, con todas sus miserias y pasiones, sus dolores y alegrías! Y él sintió una profunda tristeza, un deseo vago y tenaz de formar parte de la humanidad que goza y sufre, que trabaja y ama: un hombre de aquellos que en su imaginación calenturienta consideraba superiores a él, ya que eran dignos de sentir y gozar de la vida.

Él era más desventurado que los cojos, porque sus piernas solo le servían para atravesar las bóvedas del templo; que los mancos, porque sus brazos, lánguidos y enervados, apenas si eran buenos para vestir las imágenes, para adornar los altares y consagrar la hostia santa; más infeliz que los ciegos, porque sus ojos sólo tenían luz para contemplar aquellas inmóviles figuras de mármol, bronce o madera, de los santos hieráticos en sus nichos dorados: para mirar los perfiles de las vírgenes sonrientes, envueltas en sus brillantes trajes recamados de oro, con la corona sobre la cabeza, dulcemente erguida con expresión de candor. Más desgraciado que todos los miserables que mendigan por las calles, que todos los haraposos que agonizan en los hospitales, que todos los asesinos que expían entre las sombras de una cárcel sus crímenes horrendos: porque todos aquellos seres degenerados habían sido hombres que conocieron la felicidad, que recibieron el beso de la ventura, que habían amado, en fin, a una mujer de carne y hueso, hermosa y ardiente, apurando el placer infinito en la copa de la vida; mientras que él se moría de angustia y de deseo, virgen de cuerpo y de alma, maldiciendo su juventud estéril, su infecundo sacrificio por un Dios que no le oía, por una religión que no le daba consuelo, por una fe que huía de su alma para siempre, dejándolo enloquecido por los más atroces tormentos, condenado a un infierno horrible, cruel, angustioso; a una eternidad sombría, a una noche sin fin, por entre cuyas brumas sepulcrales no vería jamás la rosada luz de la aurora.

Perdida la fe, miró al fondo de su espíritu y lo encontró vacío, sumido en las tinieblas. No había quedado en él una sola esperanza, un noble sentimiento que pudiera salvarle, y se halló solo, solo en medio de las tempestades que en forma de criminales pensamientos acudían a su cerebro: solo en aquel torbellino agitado de sus pasiones, náufrago en un mar sin orillas, viajero perdido en un desierto sin límites.

Corrió desesperado por el claustro, con el horror de sus propias ideas, deseando calmar con la oración el ardor de sus sentimientos y apagar con sus lágrimas el fuego infernal que le devoraba. En la alta noche, de hinojos ante el altar de la capilla, rogó, suplicó, se humilló por el polvo; martirizó sus carnes rebeldes, macerándolas despiadadamente; besó con un beso desesperado el manto de la Virgen y los sangrientos pies de Jesús; lloró su dolor con lágrimas quemantes; pero no hubo perdón para su alma manchada en el cieno. De ella había huido, para no volver más, la paloma blanca de la fe, y en su lugar quedose la serpiente de la duda, que se enroscaba a la garganta del pobre desventurado, para convertir en blasfemias sus plegarias y en roncos gritos de rebelión las súplicas humildes y los ruegos sollozantes.

Hubo un momento en que, al resplandor violáceo de la lámpara de la capilla, creyó ver sonreír los labios virginales de las imágenes, que le miraban hondamente con sus ojos inmóviles. Y entonces se estremeció de la cabeza a los pies, y una legión de figuras encantadoras atravesó su fantasía. Sintió por vez primera que su carne se sublevaba en un impetuoso arranque de erotismo, que sus músculos se contraían nerviosamente, como si fueran a romperse. Un velo denso cubrió sus ojos, dulces notas lejanas llegaron a sus oídos, un aroma de mujer acarició su rostro. Quiso gritar, pidiendo socorro; pero la voz se ahogó en su garganta, le rindió el esfuerzo y cayó desvanecido sobre las marmóreas gradas del altar.

II

Desde entonces su existencia fue un continuado martirio. Cubierto por la máscara de la hipocresía, ocultó a sus hermanos la pena que lo mataba. Al verlo de rodillas, con el devocionario entre las manos y la oración en los labios; al mirar la impasibilidad de su semblante y el brillo sereno de sus ojos azules, nadie se hubiera imaginado que, bajo aquella tranquila apariencia, bajo aquella naturaleza en reposo, rugía la tempestad más iracunda.

Solamente quien le hubiese examinado despacio habría notado que de vez en cuando una sonrisa sarcástica agitaba los pliegues de su boca y que sus manos se crispaban sobre el libro de oraciones. Durante el día él era el mismo sacerdote modelo de virtudes para sus hermanos. Nada, ni la más ligera frase, había revelado las torturas de su ánimo descreído.

Pero en la noche, libre ya de las miradas de sus compañeros, se revolvía en su celda, como un epiléptico. Paseábase aceleradamente por ella, como una fiera enjaulada. Y cuando rendido de cansancio se arrojaba en su duro lecho de madera, permanecía durante muchas horas con los ojos abiertos, sin poder dormir. La luz proyectaba sombras extrañas en el ángulo de las paredes: figuras de animales raros que le hacían gestos grotescos y muecas burlonas. Apagaba la llama de un soplo furioso y la obscuridad le producía un miedo infantil, haciéndole temblar nerviosamente. Oía vagos ruidos inexplicables, suspiros, sollozos, pasos que atravesaban las galerías lejanas y se perdían en el viento. Después se dormía con un sueño inquieto, que era una continua pesadilla. Las figuras más extravagantes y diabólicas le asediaban en interminable ronda espectral. Ya eran frailes fúnebres, con cabezas de murciélago, que agarrándolo de los pies lo lanzaban a un abismo sin fondo; ya una caravana de viejas horribles que avanzaba hacia él con los brazos abiertos y una siniestra sonrisa en las caras de pergamino. En vano pugnaba por desasirse de aquellos largos brazos de esqueleto. Las furias gemían, tomándolo y besándolo con sus bocas arrugadas y secas. Otras veces un ejército de repugnantes alimañas le perseguía por una llanura interminable. Él corría, corría desesperado; pero al fin le daban alcance y se despertaba a los mordiscos con que le destrozaban los muslos. Todo jadeante y sudoroso se sentaba en su lecho, con la mirada perdida en la obscuridad. Allí permanecía inmóvil, conteniendo la respiración, hasta que el cansancio lo volvía a rendir. El último ensueño del amanecer le hacía más daño que los anteriores. Entre jirones de nubes color de oro, rodeada de arreboles, veía aparecer, en un claro cielo, la espléndida figura de una mujer, bella como un ángel, pero con una hermosura altiva y magnífica que provocaba al deleite. Vestía un traje blanco tan sutil que al menor de sus movimientos se plegaba sobre su cuerpo, delineando sus formas seductoras, sus morbideces deliciosas, a las que el misterio daba un encanto inexplicable. Ella se acercaba a su lecho, al mismo tiempo que la habitación se llenaba de una luz azul que le permitía ver un salón decorado con el más fastuoso lujo oriental, con el esplendor de una riqueza jamás imaginada. Era un palacio mágico, poblado de estatuas admirables, de prodigiosas obras de arte. Allí los cuadros de los más ilustres pintores de la antigüedad, los bronces, los mármoles cincelados primorosamente.

A aquel primer salón seguían, en sucesión infinita, otros más bellos aún, en que los colores formaban contrastes sorprendentes al ser iluminados por los tonos cálidos de una inmensa luz rojiza que pendía del techo. Era aquella como un radiante sol, cuyos resplandores de sangre coloreaban fantásticamente las paredes de mármol blanco, las columnatas de mármol rosado, el piso de mármol negro. Centenares de lámparas de alabastro colgaban de lo alto, sin que se viera de qué cúpula pendían sus cadenas de oro, porque encima de todo aquel derroche de riqueza se alzaba, inmensa y radiosa, la imponente bóveda del cielo.

En los ángulos de las habitaciones veíanse todos los primores de arte creados por el genio humano durante veinte siglos. Japonerías exquisitas, sedas de mil

colores, púrpuras sangrientas, cincelados vasos de oro:
cascos guerreros, armaduras, lanzas y espadas de los
héroes, con incrustaciones de pedrería: coronas y
relucientes mantos reales para los magnates de la
tierra: liras de oro, arpas adornadas con millares de
topacios, rubíes y esmeraldas, para los poetas favoritos
de la Gloria; manuscritos y libros que llevaban sobre su
arrugado pergamino el beso de los milenios, para los
sabios insignes que aman la Ciencia: trajes plateados,
trajes de una fantasía asombrosa de adornos y colores;
encajes delicados, más tenues que un suspiro; blondas
frágiles, que flotarían sobre los senos de alabastro como
nubecillas de una forma graciosa y extraña; abanicos de
plumas casi intangibles y mil caprichos exóticos para
las mujeres hermosas enamoradas del prodigio.

Por último, las miradas del sacerdote se fijaban en un
sombrío monje, que arrebujado en su capa talar,
avanzaba por en medio del gentío compacto,
murmurando oraciones confusas. Tras él iba un
centenar de hermosas jóvenes, vestidas de negro,
cantando una canción apasionada y satánica, pero
dulce y grata a los sentidos como si fuera una caricia.
Era una especie de coro, formado por las voces más
argentinas; un arrullo que incitaba al placer, el reclamo
de las palomas ávidas de ternura. Aquel canto iba
elevándose poco a poco, en un armonioso crescendo,
hasta formar un himno que hacía el efecto de una
excitación sexual. Ya no eran acentos melódicos, sino
súplicas de pasión: los ritmos convertíanse en ruegos y
las palabras en besos que buscaban la boca del
sacerdote, que por un raro fenómeno se había
convertido en el monje que avanzaba a la cabeza de la
procesión femenina.

Sí, era él: se reconocía muy bien en un espejo
veneciano que tenía delante: era su pálido rostro el que
miraba en el cristal.

De pronto, al ruido de una estruendosa carcajada, al
volverse, miraba a todas aquellas enlutadas, que iban

despojándose rápidamente de sus vestidos. Pronto quedaban desnudas, y los ojos atónitos del sacerdote, virgen a todo espectáculo mundano, contemplaban, llenos de un deleitoso asombro, las carnes rosadas y tibias, las mórbidas caderas y los senos en flor de las blancas doncellas que iban aproximándose a él, con los brazos abiertos, los labios trémulos y las carnes palpitantes.

A la cabeza de todas distinguíase a la joven espléndida que viera al principio bajar del espacio envuelta en un jirón de neblina y sentarse después a la orilla de su lecho. Acercábase, entonando una deliciosa canción obscena y musical, y seguíala la turba, haciéndole eco. El sacerdote intentaba retroceder, presa de un vértigo de sensualidad; pero ella le tomaba en sus brazos, como si fuera leve pluma, y huía con él tan rápidamente como si llevara alas en los pies. Sus compañeras lanzábanse tras ella, dando gritos y riendo locamente. Volaban desesperadas, y ya daban alcance a la raptora, cuando por obra de magia se abría ante ella una puerta formada por un inmenso trozo de cristal de roca, que permitía distinguir todo lo que pasaba más allá del salón, a que servía de reja inconmovible.

Allí se detuvo el grupo de mujeres desnudas; y entonces se oyó la carcajada argentina y burlona de la bella vencedora, a la que se unía muy pronto el gemido prolongado y lastimero de las vencidas. La puerta extraña, hecha de un hermoso cristal, comunicaba los salones suntuosos con una alcoba perfumada, construida para los ardientes delirios del amor. Todo lo que incita al goce, todo lo que enciende la sangre, se hallaba allí. En un ángulo de la estancia, un lecho de oro, con cortinajes de púrpura, mostraba su fondo misterioso entre la sombra.

A él condujo la hermosa al sacerdote desvanecido por el vértigo. Y para despertarlo puso sus rojos labios húmedos sobre los labios del joven, que se irguió estremeciéndose, mientras ella le contemplaba con la más provocativa sonrisa. Y después, hablándole al oído en un cálido lenguaje, le obligaba a meterse con ella en el lecho, corriendo los rojos cortinajes. Él oía después, como en un vago delirio, el llanto desesperado de las monjas que forcejeaban por derribar el muro cristalino, y luego el estruendo formidable de una montaña que se derrumba. Era todo el palacio encantado, que se venía abajo al esfuerzo prodigioso del Deseo y del Amor.

Y el sacerdote sentía que se iba hundiendo en el vacío, suave y lentamente; que dos soberbios brazos blancos le rodeaban el cuello y que su boca temblaba bajo la intensa presión de una boca de mujer... Y se despertaba con un grito de placer amargo, con una de esas sensaciones enervantes y crueles que invaden el cuerpo después de una pesadilla de erotismo apasionado.

III

Estos furiosos delirios nocturnos, las continuas vigilias y el sufrimiento moral que le torturaba el espíritu enflaquecieron su cuerpo e hicieron palidecer su semblante. No era ya aquel gallardo joven cuyas formas de efebo se moldeaban bajo la negra túnica sacerdotal. Ahora inclinaba la cabeza sobre el pecho, no brillaban sus ojos azules, y su paso, lento y silencioso, parecía el de un anciano abrumado por la nieve de cien primaveras. Pero ante sus hermanos, aquella misma actitud meditabunda, aquella decadencia de su cuerpo, le formaban una aureola de mística gloria, creyéndolas fruto de las maceraciones y los cilicios de su fanático fervor religioso.

Los días sucedíanse unos a otros, desesperados para el infeliz descreído. Las tentadoras visiones que le asediaban produjéronle un estado febril, y era de admirar su voluntad inquebrantable para evitar el rompimiento de sus nervios, que vibraban a la menor sensación, como las cuerdas de un arpa.

La mágica figura de una mujer encantadora vagaba en torno suyo y le seguía a todas partes. La veía sonreírle entre la semioscuridad del templo, y sus pupilas, de un negro azulado, clavadas en su espíritu, le quemaban el pensamiento. Él no trataba ya de escapar a la obsesión de sus sentidos, convencido de que todo lo que hiciera por conseguirlo sería inútil. Como el ojo de Caín, la imagen adorablemente satánica de su deseo era inmortal en su existencia. Su amor, doloroso y sacrílego, no le daba punto de reposo. Y pasaron así dos años, que le parecieron dos siglos de agonía.

IV

Aproximábase la Semana Santa, y todos los religiosos se aprestaban a celebrarla con solemne pompa. Del vecino claustro llegaban las monjas a la capilla del convento a hacer sus confesiones y rezar sus plegarias.

Aquel Miércoles Santo ocupaba él el confesonario, a donde iban las dulces ovejas de Jesús a depositar sus culpas. Oía con indiferencia la relación monótona de las monjas, cuyos exagerados escrúpulos llegaban hasta a obligarlas a sentirse criminales por las faltas más inocentes. El confesor, tras un corto discurso, lleno de consejos espirituales, impregnado de suave unción religiosa, las absolvía en el nombre de Dios. La última penitente llegó con el rostro medio oculto por un tenue velo de lino, y con voz temblorosa y apagada empezó su confesión.

—Padre mío —le dijo—, yo me muero de amor. Hace dos años que mi espíritu lucha en vano contra mi cuerpo rebelado, en quien el deseo ha hincado su garra poderosa. He perdido la fe y siento que voy hundiéndome lentamente en el infierno. Mis días son crueles, mis noches pobladas de ensueños horribles, de visiones amorosas que me producen espasmos de placer. De nada me ha servido depositar mi negro secreto en el recinto del confesonario, ni recurrir al cilicio y la maceración. Con un hierro candente he torturado mis carnes, sobre el duro pavimento de mi celda he desgarrado mis rodillas y la vigilia ha puesto diáfano mi rostro. He suplicado al Cielo, me he arrastrado pidiéndole perdón. Pero ¡ay!, que el Cielo no fue compasivo con mi dolor y me ha dejado sola con mis pasiones, presa de un delirio erótico ante el cual son impotentes la razón y el espíritu.

»Padre, bien sabéis que, en la formación de nuestra existencia, Dios hizo el alma y Luzbel el cuerpo miserable. Pues bien, padre mío: mi alma está llena de Luzbel y mi cuerpo le pertenece. Amo, y ¿sabéis a quién? A un sacerdote, a un pálido monje que sólo he visto en sueños. Es bello y ardiente, y le consume, como a mí, la fiebre de los sentidos. Somos dos almas satánicas que ha encendido un amor tempestuoso: dos cuerpos vírgenes devorados por la llama del sexo, por el ansia de confundirse en un abrazo supremo, en un beso de fuego que haga hervir la sangre en nuestras venas, lanzándonos en pleno abismo de voluptuosidad. Le adoro con un amor único que solo él puede comprender. Mi boca tiene hambre de la suya y mi cuerpo sed de sus caricias. Si me encontrara con él, me arrodillaría a sus plantas, sollozando, ofreciéndole los tesoros de mis carnes en flor...

El sacerdote se alzó del confesonario, y con los brazos cruzados sobre el pecho, lívido como un muerto, avanzó hacia la monja arrodillada. Levantó esta su velo y ambos lanzaron un grito de agonía, un gemido sobrehumano, que resonó como un siniestro sollozo bajo las bóvedas del templo. Sintió él la tierna sensación de un abrazo de mujer, el suave calor de un seno virginal que se oprimía contra su pecho; después, la impresión suprema de una boca ardiente que le abrasaba los labios... y el golpe seco de dos cuerpos enlazados, rodando por las graderías de piedra.

V

Cuando el sacerdote volvió a la vida se encontró en el lecho de su celda. Las ideas se revolvían en su cerebro como pájaros enloquecidos en una jaula cerrada. En vano intentó de un golpe coordinar sus pensamientos: sus sienes ardían y sus manos se crispaban en violentas convulsiones: pasaban en confuso tropel por su memoria mil recuerdos, imágenes y ensueños, tan fugaces que apenas tenía tiempo de darles forma.

Oía mil gritos diversos y sensaciones extrañas acudían a su alma. Hubo un instante en que el cansancio físico le sumergió en un vago letargo; y entonces tuvo la visión de su pasado, con todos sus trágicos pormenores.

Tras un largo camino fantástico, cubierto de abrojos, se vio en el confesonario, escuchando la confidencia íntima, el secreto asombroso de aquella monja que le había adorado en sueños, sin conocerle; de la misma manera que él la deseaba en sus rojos insomnios. Aún creía sentir en sus oídos el delicioso halago de aquella voz de música y en su cuerpo la cálida locura de la virginidad excitada, cuando reconoció en la penitente la visión de su primer delirio carnal.

Se veía después, lívido y trémulo, estrechando en sus brazos aquellas formas adorables, abandonadas a sus caricias; y tras el largo beso de mortal pasión, rodar como un ebrio por el pavimento...

Luego le asaltaba un frío fúnebre; los frailes enlutados, con un gesto de pavoroso asombro, le arrancaban de los brazos el cuerpo de la monja, ya difunta. Y veía por última vez los ojos azules de la hermosa, que le miraban más allá de la tumba, como llamándole... Sobre un túmulo cubierto de largos crespones la colocaron sus hermanas en medio de la capilla del claustro.

Estaba muerta, con las manos enlazadas, como dos

aves místicas en actitud de volar: sobre sus labios jugaba una sonrisa tenue y de sus pupilas rodaban dos lágrimas por el transparente alabastro de su semblante.

Sollozando de angustia, quiso él estrecharla en sus brazos por la vez postrera; pero al contacto de sus caricias, la visión se esfumaba, extinguiéndose en una luminosa neblina.

Despertole de nuevo la impresión de un escalofrío que le cruzó la espalda como un latigazo; y con los ojos abiertos, sentado al borde de su lecho, comprendió al fin la negra realidad.

La luz que iluminaba su celda vacilaba, próxima a extinguirse, proyectando sobre los objetos sombras errantes. El viento hacía crujir las maderas de la ventana, y a lo lejos, como perdido en un abismo, se oía el lúgubre canto de los monjes, que celebraban en la capilla las honras fúnebres del Cristo ensangrentado, tendido sobre un negro catafalco.

Era la medianoche del Viernes Santo. El sacerdote, como arrastrado por el recuerdo de la tragedia grandiosa de la cristiandad, queriendo llamar a la fe en un supremo esfuerzo de arrepentimiento, corrió hacia la imagen que brillaba junto a su lecho con un resplandor moribundo, que hacía semejar la herida del costado una roja amapola impresa sobre las divinas formas.

Arrodillose ante ella y humilló su frente hasta tocar el suelo. Así, con la sien inclinada, permaneció largo rato; pero al convencerse de que el perdón divino no descendía sobre su alma y que el paroxismo del dolor le atacaba de nuevo, irguiose con la soberbia de Luzbel, lanzando una blasfemia... Y rápido y terrible se estrelló la cabeza contra el muro de granito, salpicando la faz del Crucificado con su sangre impetuosa, que salía de su cráneo en oleadas de púrpura...

EL PADRE ORTEGA
Arturo Martínez Galindo

A Alejandro Castro h.

—¡Marta! ¡Marta!

Al mismo tiempo que gritaba este nombre, el padre Ortega se levantaba de su sillón de cuero y se dirigía parsimoniosamente hacia el otro extremo de la estancia, allí donde en su hornacina de cedro abría los brazos un crucifijo de buen tamaño. A su llamado llegó corriendo por la puerta que daba al patio una muchacha descalza; venía secándose las manos en el delantal prendido a su cintura; precipitadamente, con gestos maquinales de quien ha hecho algo cien veces, desató el delantal de la cintura y lo tiró medio extendido sobre un arcón, llevó ambas manos con rapidez a su cabeza, y una sola vez se alisó los cabellos; luego, calladamente, cayó de rodillas frente a la hornacina, al lado del padre que permaneció de pie. Se santiguaron y el sacerdote inició:

—El Ángel del Señor anunció a María...

La voz del padre Ortega era una de esas voces veladas que parecen ocultar algún secreto. Las palabras de

Marta alternaban en el rezo con sus notas agudas y exultantes. Al terminar los padrenuestros, las avemarías y las jaculatorias del Ángelus tornaron a persignarse. La moza fue a traer el sillón de cuero para que se sentase el padre, y atendiendo a que las sombras habían caído, encendió una vela, fue a revolver en la repisa hasta encontrar un libro con envoltura de cuero negro, y lo puso en manos del sacerdote; en seguida se quedó muy quieta, al lado de la silla, teniendo en su mano la vela para alumbrar la lectura. Se trataba de las Meditaciones y el Manual de San Agustín.

El padre Ortega hojeó un momento el volumen, vaciló algunos momentos entre una página y otra, y al fin empezó con aquello de "Las alabanzas que da el ánima a Dios, contemplando su soberana majestad". El padre Ortega leía mal; su voz uniforme daba al texto místico una somnolienta monotonía; él procuraba acentuar algunos pasajes, mas sabiendo que no lo conseguía, intercalaba su lectura con exclamaciones como estas:

—¿Has oído, Marta? ¿Comprendes, Marta?

Esta noche, como si tuviese un interés especialísimo, leyó y releyó el pasaje que dice:

"Pero nuestro ánimo suba de estas cosas bajas, y traspase todo lo criado, corta, suba y vuele, y dejando todas las otras cosas, fije los ojos de la fe cuanto pudiere en Aquel que las creó todas. Yo, pues, haré una escalera en mi corazón y unas gradas para subir a lo más alto de mi ánima; y por ella subiré a mi Señor que está sobre mi cabeza. Despediré con una mano fuerte, y apartaré, lejos de la vida de mi corazón, todo lo que se ve en este mundo visible...".

Luego, insistía tercamente:

—...y dejando todas las otras... ¿Comprendes, Marta?... Y apartaré con una mano fuerte, lejos de la vida de mi corazón, todo lo que se ve en este mundo visible... ¿Has oído, Marta, lo has oído bien? Y no parecía satisfecho, aunque a cada una de sus preguntas respondiese la voz presurosa de Marta para decir:

—He oído, sí, padre, lo he oído bien...

Terminado el ejercicio, Marta se levantó santiguándose, recogió su delantal y empezó a tender un mantel de grandes cuadros azules sobre la mesa; luego arregló la vajilla tosca y pesada, y en pocos minutos humeaba invitadora la cena sencilla del padre Ortega. Este comía despacio, y aunque relucían los cubiertos a su alcance, él los desdeñaba y prefería comer con los dedos, unos dedos temblones, largos, secos, peludos y manchados de nicotina.

—Así la comida no tiene sabor a metal —se disculpaba cuando había alguna persona extraña observándole.

Y gruñía a medio comer, gruñía como un marrano hambriento, y al tragar, quizá porque los bocados fueran muy grandes porque los deglutía incompletamente con sus escasos dientes, siempre hacía un gesto peculiar, estirando el pescuezo y la cabeza hacia adelante, como los pavos.

El padre Ortega tenía muchos años, más de ochenta, pero se movía con cierta energía, a pesar de su reumatismo que lo hacía sufrir tanto en los inviernos y que le había derrengado una pierna y lo había dejado cojo. Cojeaba con un movimiento giratorio de todo el cuerpo que daba la sensación de que quería regresar a cada paso. Había vivido su vida entera sofocado y dominado por una hermana mayor, la Sebastiana Ortega, solterona, iglesiera y fanática. Ella lo crio desde que perdieron a su madre; ella lo enfundó en la sotana; ella lo hizo a su manera: terco, tonto y bueno.

Si el padre Ortega era bueno lo sabían los vecinos del curato, y lo aceptaban y declaraban una verdad. Con esto queda dicho todo, pues aquellos vecinos montaraces y desconfiados no se dejaban convencer fácilmente. Pero habían visto al padre Ortega, durante más de medio siglo, sin aguardiente y sin barragana, haciendo el bien siempre que podía, y quedaron convencidos de su virtud.

Cierto día, hacía diecisiete años, Bastiana, que acostumbraba a desempeñar el papel de enfermera visitadora entre la pobrería, llegó a la casa cural muy sofocada, llevando bajo el brazo una gran cesta, y luego llamó a gritos a su hermano:

—¡Señor cura! ¡Señor cura!

Al principio lo llamaba así, un tanto para enseñar a los vecinos el respeto debido a la dignidad de su hermano, y dos tantos para regodearse en la satisfacción de su sueño realizado. Después siguió llamándolo así por hábito, porque ya no sabía llamarlo de otra manera. Mas a pesar del "señor cura", lo tuteaba, le gritaba y lo zarandeaba, en público y en privado, como si todavía fuera el mocoso desteñido de sesenta años atrás, que se orinaba en los pantalones.

Aquella vez los gritos eran más imperiosos que de ordinario. El padre Ortega se acercó a ella, arrastrando la pierna enferma. Bastiana levantó la tapa de la cesta, lo obligó a mirar su contenido y le ordenó:

—Anda a colgarte los perendengues, que vas a bautizar este pellejo.

En el fondo de la cesta, entre trapos percudidos, había un nudito de carne rojiza que chillaba como un gato tierno. Bastiana explicó a gritos, mientras iba y venía en los preparativos, que la madre había muerto del parto, y que el padre era una bala perdida. Dijo nombres conocidos del pueblo, lanzó juramentos, y después fue a buscar a don Bartolo, un ganadero, vecino de puerta con puerta, y sacristán voluntario y *ad honorem*.

—Este será el padrino —sentenció Bastiana, señalando con el dedo a don Bartolo—; y el niño se llamará Pedro, como el apóstol.

Ya se había traído el agua bendita y ya empezaba el padre Ortega a tartamudear sus latinajos, cuando le asaltó una duda, tal vez la única duda de su vida; se puso todo rojo, bajó los ojos y preguntó:

—¿Estás segura, Bastiana...?, ¿estás segura de que

puede llamarse Pedro?

Bastiana se acortó; tal vez la única vez en su vida que se acortó; le arrebató el bulto de las manos al sacristán, lo registró con decisión, mientras se veían surgir de los trapos unas patitas flacas como de rana, y luego sentenció:

—Se llamará Marta y yo seré la madrina.

Así vino Marta a la casa cural.

****

Bastiana reventó un día, hacía cinco años, con la misma decisión que había demostrado en todos sus actos. Un mediodía, poco después de almorzar, mientras remendaba una sotana deslustrada del padre Ortega, le subió una sombra roja a la cara y rodó al suelo sin sentido. Ya para morir, el color rojo del rostro se le tornó violáceo, cárdeno. Sólo duró dos horas.

—Se le rompió una vena del corazón —explicó el curandero. Pero una vecina de mucha experiencia y muy vieja no aceptó el veredicto.

—No se le ha rompido nada a la niña Bastiana —argumentó—. A la niña Bastiana la mató la gota; se le subió la gota a la cabeza; cuando la gota se sube a la cabeza, no hay remedio.

La enterraron en cajón blanco porque murió doncella, incontaminada de varón. Sobre el cajón pusieron una palma blanca de papel de China.

—Su palma bien merecida, comentaba el mujerío.

El padre Ortega le cantó en un latín lloriqueante los responsos, mientras Bastiana mostraba al público por última vez su perfil de lora picotera. Y esa fue la primera vez en que Bartolito contestó los cánticos y jaculatorias, porque don Bartolo, su padre, había reventado el año anterior, a consecuencias de un dolor cólico. A Bartolito ya le apuntaba el bozo y tenía una voz firme y grata.

—*Domine, exaudi orationem meam* —lloriqueaba el padre Ortega.

—*Et clamor meus ad te veniat* —secundaba el mozo.

Bartolito, como don Bartolo, nunca supo el significado de aquellas palabras, pero ambos las gritaron por muchos años, ante el asombro de las gentes. Mas si ellos no comprendían nada, ahí está el buen Dios que todo lo comprende.

****

Muchas preocupaciones asaltaban al padre Ortega sobre el porvenir de Marta, a quien amaba como una madre. Él mismo se lo decía:

—Mi cariño para ti, Marta, es el cariño de una buena madre. Yo soy tu madre.

Y se le humedecían los ojos por la emoción de esta insospechada maternidad. Otras veces se le achicaba el espíritu, acobardado acaso por las embestidas de su soledad.

—¡Marta, Marta! ¡Ay, Marta! —suspiraba quejumbroso—. Somos dos pobres huérfanos, no tenemos padres que velen por nosotros...

Y en esos ataques de infantilismo octogenario, era Marta la madrecita que lo consolaba y alentaba:

—No se ablande, mi padre, que usted me tiene a mí... yo velaré por usted.

Pero el padre Ortega tenía sus dudas. Marta acababa de cumplir los dieciocho años y estaba hecha una mujer. Luego, ahí estaba Bartolito; se le veía en los ojos a Bartolito, y a Marta también se le veía en los ojos. Un día, el padre Ortega llamó al mozo, y en presencia de Marta le dijo sus verdades:

—Con Marta no hay arreglos, Bartolito. Está de más...

Bartolito respingó como un potro, pero le respondió con comedimiento:

—Padre Ortega, yo no quiero mal a la Marta, y si pensaba decirle unas palabras, era entendido que lo haría con su permiso y con su bendición.

—¡Majaderías! —atronó indignado el padre Ortega—.
¡Zarandajas! ¡Qué bendición ni qué palabras! Te vas de
aquí y no vuelvas, grandísimo gandul.
Después de esta escena, el padre Ortega se sintió más
tranquilo. Bartolito no volvió nunca a la casa cural.
Marta demostró al principio su disgusto; hablaba poco
y parecía desmejorarse; pero eso solo fue al principio;
después tornó a reír y parlotear como antes.
—Así es el corazón humano y el amor del mundo:
variantes, ondeantes y sin consistencia —pensaba el
padre Ortega. Y todas las tardes, a la hora del Ángelus,
cimentaba su labor cristianísima de limpiar de pasiones
insanas a Marta, y de prepararle su ánima para el amor
celestial y eterno, que sólo arde para el Sumo Creador y
que solo a Él es debido. Y tras de las *Meditaciones* y
Manual de San Agustín, Marta tuvo que oír la lectura
confortante de la *Imitación* de Kempis.
—Kempis es para el alma como el alimento es para el
cuerpo, Marta. Somos sombras vanas, solo eso somos
mientras no nos ilumine la Luz Eterna.
Y al ver los ojos primaverales y la boca fresca y las
ubres trémulas de la muchacha, el padre Ortega no
sentía vacilar su fe y su esperanza, sino que las blandía
como un arma sobre la cabeza de Marta y terminaba
agitando sus dedos peludos e inocentes y gritando
encolerizado:
—Nada somos, Marta, somos nada, nada... porque
somos hechos de carne miserable y la carne es una
porquería, ¿me oyes bien, Marta? La carne es una
porquería...

****

El padre Ortega despertó sobresaltado aquella noche.
Había oído un ruido extraño dentro de la casa. Se sentó
en el lecho y aguzó los oídos. Era una ventana que batía
el viento. Encendió una vela y miró el reloj; eran las dos
de la mañana. Metió los pies en las chancletas, se

envolvió en la sábana, cogió la vela y se dirigió hacia el próximo cuarto, donde Marta dormía. Era la ventana del cuarto de Marta, que daba al patio, la que se batía.

—¡Qué descuido de muchacha! —pensaba—. Con estos vientos fríos y dejar la ventana mal cerrada.

Iba arrastrando las chancletas sin hacer ruido, para no despertar a la moza, pero al penetrar en la estancia el padre Ortega se detuvo pasmado. Sobre el lecho revuelto Marta estaba desnuda, totalmente desnuda, y a su lado dormía Bartolito, como un Eros cansado, los cuerpos juveniles muy juntos, en un grato abandono. Cuando pudo reponerse de su asombro, el padre Ortega se quitó la sábana que llevaba sobre los hombros, y cubrió a los amantes.

—¡Cochinos! —murmuró—. ¡Buena pareja de cochinos!

Y salió de la alcoba. Con la vela encendida en su mano temblona, su camisón de dormir que le caía hasta los tobillos, su gorro de noche y su andar derrengado, parecía un fantasma. Se sentó en el borde del lecho; sus ojos tropezaron con el crucifijo de su mesa de noche; lo contempló largo rato con los ojos enrojecidos y secos; la vela se le cayó de las manos y se apagó. El padre Ortega se echó de bruces sobre el lecho y rompió a llorar. En la sombra densa, se escucharon por mucho rato sus hipos y sus razones entrecortadas por el llanto:

—¡Qué voy a hacer yo ahora... Dios mío... qué voy a hacer! ¿Por qué lo permitiste, Señor? ¡Marta... hija mía... mi Marta!... ¡Grandísimos cochinos!

Y el viento siguió batiendo la ventana.

CASAS VECINAS
Alejandro Castro h.

Las dos casas habían establecido una vecindad especial, determinada por el sello peculiar de aquella ciudad que sube siempre en busca de aire respirable. Una era achaparrada, tal si hubiera doblado el espinazo para arrebujarse en modesto chal. La otra se erguía con la firmeza erecta de un pequeño bastión que defiende comodidades burguesas. La más alta dominaba el lugar con aplastante predominio. Sus muros asomaban sobre el patio de la vecina, viendo con despectivo soslayo el pequeño mundo que allí se agitaba.

Habitaban la casa grande tres señoritas protegidas en su soltería crónica por el doble escudo de una virtud irreprochable y un apellido ilustre. Más de medio siglo transcurría desde que la familia Landívar se estableciera en la propiedad. Una abuela, el padre, la madre y otros moradores se fueron despidiendo del

45

mundo con solemnidad y en gracia de Dios. Solo quedaban aquellas tres mujeres, la niña Concha, la niña Socorro y la niña Rosario, absorbidas por sus devociones a San Antonio de Padua, por los cuidados de un patrimonio bien saneado y por su celo para repeler las tentaciones que suelen cruzarse por el camino de las almas puras.

Por fuera, la casa era impenetrable y adusta. Por dentro olía a tapices viejos, a sacristía y a chocolate dominguero, sorbido entre comentarios sobre la degradación de las costumbres, la confusión social de la época con tanto advenedizo surgido por allí sin que se supiera de dónde —como decía la niña Conchita— y el abandono imperdonable que el pueblo hacía de los templos.

—¡No, ya no hay fe, ya no hay fe! —repetía la niña Socorro, repasando la aguja con dulces ademanes mientras un rollizo franciscano, cuyos pulgares rosáceos ponían una nota alegre en la parda alfombra, y un coronel mostachudo, pretendiente inconfeso, asentían parsimoniosamente asomando los belfos sobre las tazas humeantes.

En la casa de abajo, el río tumultuoso de la vida seguía pasando. Las señoritas Landívar —como las llamaban en el barrio— nunca sabían a ciencia cierta quién habitaba al lado.

Los ruidos de la casa chica llegaban hasta ellas en confuso rumor, como un eco amortiguado de existencias que se suceden en tropel. Corriente turbia que discurría salpicando los muros de la vivienda señorial, gente innumerable se había cobijado en la casa de alquiler.

Los inquilinos llegaban y desaparecían arrastrados por el viento de la necesidad. En los rincones iba quedando el sedimento de esas vidas sin historia, el rastro de la miseria y un olor a cosa mustia. Tan pronto era la agitación de un enjambre de chiquillos harapientos como el agua quieta de una ancianidad desvalida. Un día se levantaban de allí, como revuelo de aves oscuras, gritos de gente desesperada. Alguien se moría. Otro, imprecaciones de borrachos herían la noche, soltando en el aire notas soeces. Garridas mozas tarareaban de la noche a la mañana la misma tonadilla, dulzona y pegajosa. Llegó un carpintero que se acompañaba en el trabajo contando a gritos historias procaces. Estuvo de huésped un hombre que pegaba furiosamente a su mujer y luego ocupó el sitio una mujer que tundía a su marido eternamente beodo. Un zapatero martillaba sin descanso como si hubiera querido clavetear las cuatro esquinas de la noche.

Así como en la casa vecina todo era permanente, bien asentado, en esta todo era mutable, pasajero, ondeante, pero lleno de sustancia y de calor, como la vida misma. Cuando arreciaba la marea de voces, las tres cabezas pálidas se alzaban allá arriba un breve instante y los labios exangües de la niña Rosario musitaban:

—¡Qué gente! ¡Qué gente! —más con el acento de quien no comprende que en tono de reproche. La casa pequeña era como una parásita aferrada a los muros de la mansión de las Landívar.

El chocolate tenía esa tarde el sabor denso y perfumado de las infusiones inocentes. Domingo con sol de oro y beatitud burguesa. Las visitas habituales y una que otra amiga, de esas que van zurciendo de casa en casa el historial menudo de los pueblos, hacían la ronda en el hogar de las señoritas Landívar.

—¿Cómo van de vecindario? —interpeló el coronel, repitiendo una pregunta que en el círculo se había hecho de rutina. Como siempre que se trataba de cosas serias, la niña Concha tomó a su cargo la respuesta.

—¡Mal! —sentenció con voz seca, cruzando con sus hermanas, repentinamente serias, una mirada de aturdimiento.

—Han llegado dos mujeres —agregó la niña Socorro, con los ojos bajos— que al parecer llevan una vida desordenada.

Hubo una pausa inquieta. Queda, muy queda, la cola del diablo se había arrastrado por la alfombra.

—Habría que hacer algo, se podría intervenir. No es buena la vecindad del Maligno —sugirió el franciscano, con acento que destilaba azúcar celestial.

La situación quedó planteada en esos términos. Dos golondrinas venidas de ignoto horizonte se habían aposentado junto al bastión de la virtud que era la casa de las señoritas Landívar. Las traía un hálito de pecado, eran mensajeras de lo mundano, enviadas del aquelarre.

Los días siguientes fueron de prueba para las tres vírgenes. En la vivienda de abajo empezaba a organizarse la existencia de las nuevas moradoras. Los peores presentimientos de las señoritas Landívar se veían cumplidos con exceso.

Las mujeres de la vecindad eran lo que ellas pensaron y algo más. Aquellos tres corazones pudibundos empezaron a vivir en santo horror. Sus caras se pusieron tensas y en sus mejillas, pálidas de costumbre, aparecieron súbitos arreboles, cuando el fuego de las pasiones, que llameaba ahí cerca, lamía los tres pechos contritos.

Nunca las conveniencias se vieron peor tratadas. Nunca el vicio se arrastró tan cerca del pudor. Los oídos atónitos de las tres célibes recogían toda suerte de ecos inauditos. Risas estridentes. Chocar de cristales. Voces entrecortadas por ardor culpable. Murmullos sordos del hombre que insinúa. Y de cuando en cuando negativas femeninas:

—¡Déjeme usted! ¡Déjeme usted! —dichas por una mujer que está a punto de entregarse.

Cuando más capitoso era el vaho carnal que ascendía de abajo, arriba se multiplicaban las preces, crujían los rosarios bajo el apretón de la fe temerosa, se despabilaban las velas del altar.

Sobre todo, la niña Rosario, la menor de las hermanas, daba muestras de la mayor turbación. Tal vez por más piadosa, tal vez porque en su corazón aleteaban todavía dulces sueños primaverales, que no ignoraron ni la vida claustral ni el peso agobiante del escapulario. En sus noches de virgen desamparada soñaba que algo fascinador y terrible la ceñía toda, sorbiéndole con el aliento la vida. Despertaba en sobresalto. Oraba, apretando una medalla contra sus senos cálidos.

—La Providencia ha querido poner frente a nosotras ese cuadro de perdición. Ella también proveerá el remedio. Hay que soportar esto con paciencia cristiana.

Los ojos de la niña Concha despedían sombrío fulgor, cual los de un predicante que abomina de la carne. Corazón enjuto, frío mármol donde nunca enredará la hiedra de una caricia, aquel repentino estallido de pasiones atroces, a la puerta misma de su casto refugio, conmovía hondos repliegues de su ser. Ella no podía aspirar al amor, pero la vorágine del pecado atraía sus miradas fascinadas, arrastraba su curiosidad entre un helado estremecimiento de temor religioso.

Ciertas cosas se hacen sin previa calificación de su importancia moral. Se hacen, y eso es todo. Así, la niña Rosario había tomado la costumbre de espiar la casa vecina. En la pared divisoria encontró un parapeto hecho a la medida de sus propósitos. Pobre corazón aterido por el gélido soplo de abstracciones teológicas, sus ojos se dilataban espantados cuando ocasionalmente desfilaba ante ellos la procesión báquica del placer desenfrenado.

Esta acechanza furtiva terminó por alterar sus nervios. Expiaba su curiosidad con el cilicio de una virtud sombría y clamaba al cielo desesperadamente por aquel despertar repentino y brutal a la conciencia de la carne.

En la noche, sentía la vibración de cada uno de los poros de su piel y hubiera deseado entonces que una mano nervuda y cruel la maltratara hasta la muerte.

Una noche, el latigazo emocional fue superior a sus

fuerzas. El aire exhalaba un denso olor a vida. Bogando en aquella atmósfera lunar, veteada de misteriosas fragancias, sumido el cuerpo en el dulce sopor que lo invade cuando transita por él un licor de jazmines, era más punzante que nunca la angustia de estar sola...

Abajo, las fauces del pecado se desarticulaban en la mueca del goce exasperado. Un libertino elegante sentaba sobre sus piernas a una de las cortesanas. Con un brazo le rodeaba el talle. Sus dedos crispados alcanzaban la orilla de un seno, que surgía a medias del corpiño como tersa amapola. La mano libre tenía arrestos de pequeña fiera en los flancos del muslo poderoso. Entre el claroscuro de la noche la carne era rosada y mórbida.

La niña Rosario se apretaba convulsa contra el parapeto. Sin saberlo, lastimaba sus senos contra la dura piedra. Cálido rocío perlaba sus mejillas ardientes y entre el agitado vaivén de su pecho sonaba el leve retintín de las medallas, como la voz agonizante de la virtud amenazada. Bajó temblando de su observatorio, como hembra en celo que presiente la cercanía del macho. Intuía, con delicioso horror, que en ese instante estaba a merced del pecado.

La niña Rosario tuvo que guardar cama. El franciscano diagnosticó anemia, pero la paciente sabía que era falta de amor, no el amor desfalleciente de las esposas de Cristo, sino el otro, el que pone rubíes en la sangre y titilar de esmeraldas en el alma. Tendida en el lecho parecía un lirio. Tenía la belleza transparente de esas azucenas que en los altares se arropan en fragancia mortuoria.

—Esta niña necesita tranquilidad, mucha tranquilidad —afirmaba el coronel, que le había tomado tremenda ojeriza a las vecinas de al lado—. La autoridad debe intervenir para acabar con ese escándalo de abajo.

¡Caminos misteriosos de la virtud! La austera niña Concha se negaba a tomar ninguna acción contra las moradoras de la casa contigua. Esa negativa parecía insólita, lo mismo al incorruptible militar que al venerable padre, pero la niña Concha tenía un quemante secreto.

Como aquellas pecadoras eran bonitas, como sus senos tenían un aire altivo y vibrador, como sus piernas parecían las bien torneadas columnas de un templo consagrado a recónditos goces, casi no había en la ciudad galán, mozo o amante provecto que no hubiese pagado su tributo a aquellos dos ardientes pedazos de humanidad. Y así, cuando el alcohol o la pasión enturbiaban sus cerebros, y aligeraban sus lenguas, surgía con cínica desnudez la historia drolática de mil y un macho cabríos que en la existencia convencional de la comunidad se escondían tras el antifaz del señor abogado, el señor doctor o el señor general.

—¡Pero tú... tú que le sacas el dinero a ese imbécil del ministro para regalárselo al sinvergüenza de...!

El chasquido de aquellas lenguas luciferinas asperjaba el ambiente de fango ponzoñoso. La niña Concha estaba horrorizada.

El mundo de sus viejos conceptos se derrumbaba entre llamas del infierno. ¡Cuántos nombres conocidos aparecían a sus ojos marcados con el estigma de fuego! ¡Dios mío! Si hasta el adusto coronel salió un día a bailar en aquella zarabanda dionisiaca. Por eso estaba tan interesado en alejar a las "pájaras", como él mismo decía.

Tal vez ignoraba la niña Concha que Dios tienta a los suyos por el flanco del orgullo. Pues de aquella bancarrota general de la templanza, revelada a su conocimiento por modo tan inesperado, dio en sacar el envanecimiento, la satisfacción lunática, la borrachera de su virtud feroz y desalmada. Todos los días echaba la red de su curiosidad insaciable en busca de nuevos pecadores, de más vilezas sexuales. Aquel atisbo morboso se había convertido en la razón de su vida. Su virginidad era fruto descompuesto. Su corazón se cubría de hongos venenosos.

51

Si las dos mujeres de la casa vecina prosiguieron un día su inacabable migración, no fue porque la niña Concha se interesase en ello. Desaparecieron porque peregrinar es el destino de estas mariposas cuyas alas coloridas agitan hoy el aire en un chispeante remolino de pólenes brillantes, para aletear mañana, con fatiga incurable, entre la sombra moribunda.

Desde que se marcharon, la casa vecina parece la misma en su exterior sólido y tranquilo. Pero en su interior deambulan con paso sigiloso los fantasmas de la duda y el pecado...

EL AMANECER DEL PADRE MANUEL
Jorge Medina García

El padre Manuel agonizaba entre su tercera noche de insomnio. Ya su antecesor le había advertido: "Aquí, en tiempos de feria, es como dormir dentro de una rocola", pero creyó que le hablaba figuradamente y no tomó ninguna providencia especial.

Se hizo cargo de la parroquia con la misma mansedumbre con que hubiera aceptado irse a cualquier parte y se dedicó a su oficio sin que nada inusual perturbara lo que en forma irremediable se estaba convirtiendo en rutina. Durante el curso de esta metamorfosis sucedió lo que después se reprochó no haber considerado como el segundo llamado de atención.

Los dos sacerdotes de que disponía la parroquia para atender las necesidades espirituales de una extensa zona rural le presentaron sendos roles de trabajo mensual donde coincidían las fechas del 24 al 27 del mes con visitas pastorales a distintas y remotas aldeas. Les dio su aprobación sin ningún presentimiento y, cuando las hermanas misioneras y las damas de la Congregación de María le hablaron de comenzar a embellecer y decorar el templo y las imágenes ante la inminencia de la feria del Patrón Santiago, se alegró con la ocasión de alterar la cotidianeidad y se ocupó del asunto con razonable entusiasmo. El aviso decisivo lo recibió la noche de la víspera. Acabada la misa deambuló por el inusitadamente concurrido parque central. Presenció de buen humor dos o tres majaderías que se anunciaban con la pomposidad de eventos artísticos del "radioteatro". Curioseó en las galeras de baratijas y golosinas y notó, con folclórico interés, cómo sonaban las músicas de baile en los dos edificios que flanqueaban la casa cural. Tendido ya en su lecho, decidió tomarse las cosas con filosofía y se dispuso a pasar la noche aceptando una reconciliación con la terquedad de los hechos. Oyó las canciones concentradamente y buscó en ellas compases que le alebrestaran las nostalgias, pero ninguna tuvo el resabio de sus gaitas nativas. Si durmió algún instante, fue sobre el filo de los sobresaltos. La acometida africana de los instrumentos de viento y percusión se encargó de frustrar en forma intermitente sus mejores intenciones. Ojeroso y de pésimo humor se levantó al día siguiente. Era un día de aguda luminosidad. No recordó ni un momento el suplicio de la noche anterior hasta que se encontró otra vez en la cama, convencido de que la fatiga del cuerpo era superior a los recursos de cualquier elemento perturbador de afuera.

Aquella alma de Dios ignoraba la tecnología avanzada que se ha producido en este siglo anticristiano. Los habitantes de la localidad habían contratado grupos musicales para que amenizaran tanto la fiesta popular del flanco izquierdo, como el baile de gala de la derecha, y el criterio sobre la calidad se definió en término de decibelios. Amplificadores colosales elevaban a enésimas potencias enrevesadas notas musicales que ya de origen traían sus propios genes ensordecedores, y el padre Manuel se dio cuenta de que lo que con eufemismo llamaba fatiga corporal era una rosa de mayo.

Los primeros rugidos de la derecha lo hicieron saltar de la cama como expelido por un resorte y le costó entender que se trataba de música. Gritos, risas, aplausos y acciones de los bailarines caían fatalmente en el agujero negro de los amplificadores que estrangulaban todo cuanto no fuera su propia conmoción. Se tapó los oídos con algodón, se los selló con cinta adhesiva y metió la cabeza desesperada bajo la protección de dos almohadas, confiando ingenuamente dormirse al primer descanso de los energúmenos, sin saber que estaban sincronizados. Cuando callaba uno para recuperar energías, arrancaba el otro con renovados bríos una conflagración de sonidos siderales que atravesaban con facilidad la espuma sintética de las almohadas, la tela pegajosa de las vendas y el tejido de algodón apretujado para entrar en chiflón por el embudo del sistema auditivo y aposentarse con su taladro chirriante en las sacerdotales células nerviosas.

Emergió del tormento de la noche como de un naufragio, únicamente sostenido por un pálido sentido del deber y por la idea de que aquella barbarie, por su misma esencia, debería ser irrepetible. Cumplió como pudo con los bautizos, las confesiones, la kilométrica procesión de Santa Ana, los recibos pastorales, dos extremaunciones, la misa vespertina, y se acostó desmigajándose, con la impresión de que las fiestas habían terminado. Se durmió de golpe para despertar media hora más tarde con un solo de trompeta que lo levantó en vilo y lo dejó trastornado en el suelo, buscando en su arraigada necesidad de alivio sobrenatural la forma de arrodillarse contrito para rezar por inercia, incoherentemente al principio, pero poco a poco con conciencia y tenacidad, pidiendo paz y perdón para sus atribulados nervios, para todos los músicos del mundo y para todos los vecinos de seis cuadras a la redonda, en forma tan fervorosa que no supo cuándo se hizo el silencio.

Su concepto de silencio, recién adquirido, consistía en ausencia total de música amplificada. Todo lo demás: pleitos, pláticas y gritos de borrachos, era para él silencio absoluto. Alzó la vista paseándola en derredor, extrañado, pero agradecido con Dios. Se había habituado a escuchar una Sodoma cuando callaba Gomorra, y ahora todo era silencio. Volvió a acostarse, incrédulo, y se durmió al instante.

No había taumaturgia en el venerable sueño del cura. Las dos orquestas habían comenzado a tocar al unísono y al mismo tiempo llegaron al tiempo de descanso. Finalizado este, también recomenzaron juntas. La embestida simultánea de los magnavoces de diestra y siniestra enderezó de súbito la figura flaca del religioso, que quedó un rato paralizado como la imagen mismísima del patrón Santiago. Gracias al remanente de una sólida fortaleza penitencial, pudo cambiar la trayectoria a los vientos de locura que comenzaban a amenazarlo y, mezclando tácticas militares con artimañas de griego, pudo resistir a pie firme la hora musical que siguió.

Tiempo después la Providencia le alumbró el camino: se iría a dormir tras los muros profundos de la iglesia. "¿Cómo pude no haberlo pensado antes?", se repetía exaltado. Comprobó en su reloj que eran las 00:30 y se marchó con una sábana y una almohada bajo el brazo. Abrió la puerta que daba a la calle y el peso inerte de un borracho se vino sobre él. Como pudo lo arrastró de los pies y lo depositó en la acera.

Cruzó el parque en pijama entre saludos vulgares, abrazos de chichipates e insinuaciones semiveladas de prostitutas de feria, y encontró, para sorpresa suya, el templo hospitalario más cerrado que un huevo. Cayó en la cuenta, hasta entonces, de que era el sacristán quien se encargaba de abrirlo y, entre los vapores de la cólera muy poco cristiana que empezaba a nublarle la razón, recordó la copia de la llave que tenía en la gaveta de su escritorio.

Giró en redondo e inició el regreso con sus inciertos pasos de camello prácticamente dormido. Llegó por instinto a la puerta de la casa cural, ya sin aliento, para darse cuenta de que había dejado sus propias llaves olvidadas en la mesita de noche.

Entre telarañas alcanzó a desechar la escandalosa posibilidad de visitar a las monjas. "Esperaré a que llegue el sacristán", balbuceó, mientras se recostaba contra la puerta ya fuera de la vigilia, arrullado por los movimientos del concierto *Fantasía para un gentilhombre*, soñando su ibérico pasado de seminarista feliz. El borracho limítrofe sintió la tibieza solidaria del cuerpo recién llegado y se le acercó como un insecto atraído por la luz.

VV. AA.

EL SERMÓN
Javier Suazo

Serafín Gallo venía bajando del campanario cuando escuchó el murmullo. Era un rumor oblicuo, sinuoso; la mayor parte de la bulla provenía de voces femeninas. Las gargantas masculinas estaban silenciosas, salvo por una voz, la del juez Toro, a quien se le escuchó decir: "¡Qué descaro!". En medio de aquel pantanal de cuchicheos y vahos verdes, sobresalió el taconeo de doce pares de coloridos zapatos altos, decorados con flores, chongos, hebillas de latón y mariposas de cuero. El sacristán sabía que aquellos ruidos no eran ordinarios en la misa matutina y que algún acontecimiento insólito debía estarse llevando a cabo bajo sus pies. Mordido por la curiosidad, Serafín se arriesgó a inclinarse sobre la baranda para poder ver mejor lo que estaba pasando. En ese preciso instante, la procesión de meretrices cruzaba la nave central de la iglesia de Santa Ana, con la celestina en jefe, Rosaura, a la cabeza, tomada de la mano de Pascualito, el enano cafiche, y seguida por su séquito de hetairas.la visión que se le atravesó al sacristán estuvo a un paso de ser fatal, puesto que el perturbador escote de Rosaura, mal disimulado por un insuficiente chal, desfiló en toda su majestad ante los atolondrados ojos de Serafín provocándole un tropezón que le hizo rodar sin freno por las gradas. El alboroto de la caída silenció todos los demás ruidos dentro de la iglesia.

Nadie hizo nada por socorrer al maltrecho sacristán, todos estaban anclados al suelo en estupor. Entonces, entre el grupo que acompañaba a Rosaura, surgió un movimiento inesperado; Cuca, quien sobresalía de entre las sexoservidoras por su cabellera de rubio impúdico, avanzó hacia donde yacía Serafín para auxiliarlo. Dos hombres reaccionaron y también corrieron hacia la pila bautismal para ayudar al deslomado varón.

La primera imagen que vio el sacristán cuando recuperó la conciencia fueron las enormes tetas de Cuquita, en leve temblor mientras esta trataba de reanimarlo. Luego, los ojos de Serafín ascendieron hacia el rostro de Cuca, quien reflejaba la más genuina conmiseración.

—Calma, chiquito, ya pasó, papi. No te preocupés, todo va a estar bien —le dijo ella con un tono que hizo a Serafín anhelar el regazo materno que, tan generoso, se ofrecía ante él.

La caricia suave y tibia de la mano de Cuquita sobre su mejilla había sido la sensación más dulce que hubiese gozado en toda su vida, y tal fue su emoción al ver el atractivo rostro de la mujer que volvió a desmayarse. Al observar la escena desde el altar, el padre Occhiena se persignó y corrió hacia donde estaba tendido Serafín Gallo. Le pidió a Cuca que se hiciera a un lado y comenzó a palpar al herido para asegurarse que no tuviese algún hueso roto. Luego, intentó reanimarlo con unas cuantas palmadas.

Al recobrarse, Serafín casi se desvaneció de nuevo al ver que el suave rostro de Cuca se había transformado en la pedregosa faz del cura, pero el padre no le dio tiempo para colapsar otra vez, lo suspendió de un tirón y al confirmar el buen estado de salud del sacristán le añadió un chichón más en la cabeza, increpándolo por su desastroso descuido y el alboroto que había causado. A pesar de las súplicas de Cuca, el padre Occhiena lo hizo marchar a empellones hacia el altar para iniciar por fin aquella accidentada misa.

In nomine pater, et fili, et spiritu sanctii...

Las miradas estaban muy lejos del presbítero que iniciaba los ritos religiosos.

...la paz del Señor Todopoderoso y la comunión de todos los santos esté con vosotros...

Unos se preguntaban hasta dónde llegaría el descaro de las meretrices.

...y con tu espíritu...

Otros fabricaban imágenes pecaminosas en sus corazones.

...levantemos el corazón...

Rosaura estaba satisfecha, no era ajena a la conmoción que había causado y no le importaba ser el blanco de todas las miradas; desde que tomó la decisión de llegar con sus pupilas a misa, sabía a lo que se atenía.

...lo tenemos levantado hacia el Señor...

Así que, con disimulo, se arregló el escote robándole la paz a las damas y la santidad a los caballeros.

...demos gracias al Señor nuestro Dios...

El alcalde, que por obligación no se perdía ni una sola misa dominical, estaba sudando helado, temiendo que Malena, otro de aquellos ángeles de la concupiscencia, lo fuera a comprometer mandándole un saludo.

...es justo y necesario...

Doña América de Suazo y doña Olivia Toro se abanicaban conteniendo una furia descomunal.

...en verdad es justo y necesario, es nuestro deber y salvación darte gracias siempre y en todo lugar, Padre santo y eterno...

Pero si doña América hubiese podido leer la mente de su esposo, don Saúl Suazo, no se habría contenido más, dejando escapar toda su furia para destruir a Rosaura.

...yo confieso, ante Dios Todopoderoso y ante vosotros hermanos, que he pecado mucho de pensamiento, palabra,

obra y omisión...
Se podía sentir una masa gelatinosa de odios, lascivia, dudas y repugnancia en medio de la congregación.

...por mi culpa, por mi culpa, por mi gran culpa, por eso ruego a Santa María siempre virgen, a los ángeles, a los santos y a vosotros hermanos que intercedáis por mí ante Dios, nuestro Señor...
Serafín Gallo no podía apartar la vista de Cuca.

...que Dios, nuestro Señor, perdone nuestros pecados y nos lleve a la vida eterna...
Pero en medio de toda la tensión, nadie se atrevió a interrumpir la misa y a despertar la ira del padre Occhiena.

...amén...
Amílcar Bobadilla, el chófer del gobernador, se estaba divirtiendo de lo lindo viendo el incesante intercambio de miradas, ojos de puñal, de risa y de deseo, caras pálidas, caras verdes y caras rojas, cuchicheos, vergüenza.

...hermanos, démonos fraternalmente la paz...
Una cáscara de hielo, que nadie se atrevió a cruzar, se formó alrededor del lugar donde estaban Rosaura y sus discípulas, así que ellas se limitaron a darse el saludo de paz entre sí mismas.

...Santo, santo, santo es el Señor...
El padre Occhiena también observaba con ojo atento cada gesto de los santeños y en ese momento sintió el roce del ángel.

...Santo eres en verdad, Señor Todopoderoso, Tú que en tu misericordia hiciste el cielo y la tierra...
Doña América buscaba en su mente un recurso definitivo para deshacerse de sus enemigas; pensó primero en mandar a matar a alguna de ellas para que las demás se asustaran y huyeran del pueblo, pero tenía dudas sobre cuánto le costaría redimirse del pecado que significaba llevar a cabo esa idea.

Cuando llegó el tiempo de la lectura del Evangelio, por estar más pendiente de Cuca que por hacer su trabajo, Serafín ya había tropezado un par de veces, y cometido unas cuantas torpezas. No obstante el enfado, el padre Occhiena tenía muy claro el tema que se disponía a improvisar para su sermón.

...lectura del Santo Evangelio según San Juan...

No era el libro que ordenaba el misal para ese domingo, pero era el tema más apropiado ante las circunstancias.

...los escribas y fariseos le llevaron una mujer sorprendida en adulterio, la pusieron en medio y le dijeron: "Maestro, esta mujer ha sido sorprendida en flagrante adulterio...".

La incomodidad empezó a reflejarse en los rostros de todos.

...Moisés nos mandó en la Ley apedrear a estas mujeres. ¿Tú qué dices?...

El párroco sabía que sus palabras llevaban un filo agudo.

...Esto lo decían para tentarle, para tener de qué acusarle. Pero Jesús, inclinándose, se puso a escribir con el dedo en la tierra...

Había regocijo en los ojos del cura, hacía mucho tiempo no sentía aquel arrebato rebelde en su corazón.

...Pero, como ellos insistían en preguntarle, se incorporó y les dijo: Aquel de vosotros que esté sin pecado, que le arroje la primera piedra...

Doña América hizo el ademán de levantarse, pero don Saúl la retuvo del brazo con firmeza, mientras el padre Occhiena los observaba con una mirada desafiante.

...E inclinándose de nuevo, escribía en la tierra. Ellos, al oír estas palabras, se iban retirando uno tras otro, comenzando por los más viejos; y se quedó solo Jesús con la mujer, que seguía en medio...

Rosaura sonrió con alivio mientras estrechaba la pequeña mano de Pascual entre las suyas.

...Incorporándose Jesús le dijo: Mujer, ¿dónde están los que te acusan? ¿Nadie te ha condenado?...

Amílcar Bobadilla estaba admirado por el valor del sacerdote, jamás hubiera creído que dentro de aquel cuerpo frágil y diminuto había un espíritu tan temerario.

...Ella respondió: Nadie, Señor. Jesús le dijo: Tampoco yo te

condeno. Vete, y en adelante no peques más...

En ese momento, la sensación dentro de la iglesia era como estar flotando dentro de una burbuja, en el abismo más profundo del mar, rodeado de un silencio impenetrable.

El padre Occhiena los observó con cuidado, uno a uno. Una delgada sonrisa se dibujó en los labios del párroco y entonces, inspirado por el viento del Santo Espíritu, Giovanni Emmanuel Occhiena comenzó a darles el más iluminado sermón que hubiese pronunciado en todos sus setenta y dos años de vida.

Les habló con una pasión inaudita sobre el valor intrínseco en cada ser humano y sobre el profundo amor que Dios tenía hacia todas sus criaturas, a tal grado que, no habiendo un tan solo justo en el mundo, Él, en su infinita misericordia, se despojó de su gloria para vivir como hombre y, siendo humano, no tuvo en cuenta su anterior majestad, sino que se hizo siervo, aún a costa de su vida, permitiendo que se le entregara a muerte oprobiosa y de dolor indescriptible; descendió hasta los infiernos, ahí predicó a los condenados y trabó batalla contra la muerte y Satanás, venciéndolos; al tercer día resucitó victorioso, envió a sus discípulos a predicar las buenas nuevas del Reino de Dios, nos dejó al Espíritu Santo con poder, sabiduría y amor para todo aquel que creyese se arrepintiera de sus pecados y siguiera su divino nombre, todo lo hizo por simple misericordia suya para salvarnos del pecado y la corrupción de la carne; Él no nos juzgó, sino que vino a salvarnos para que ninguno se perdiese.

Con los ojos nadando en un conmovedor lago de lágrimas, el padre Occhiena desnudó su alma para exhortarles al cambio, rogándoles que abrieran sus corazones a la palabra del Señor, que no se volvieran de piedra, insensibles al llamado de auxilio que les hacía el hermano, a la necesidad de amor fraterno de los corazones huérfanos de Dios, les dijo que la construcción de un mundo mejor estaba en las manos de cada uno, que libres de prejuicios, mezquindades y resentimientos podríamos establecer el reino celeste aquí en la Tierra y que los santeños estaban llamados a ser los primeros elegidos que, con su ejemplo, transformarían a la humanidad.

El párroco abrió entonces los brazos y exclamó a viva voz que ante él brillaba la visión de la Santísima Trinidad, custodiada por arcángeles, serafines y querubines, revelándole el secreto del amor fraterno, fuente eterna de renovación espiritual y de libertad de las cadenas de la muerte. Concluyó su magnífico discurso de rodillas, pidiéndole perdón a Dios por aquel pueblo inicuo de cerviz dura y gélido corazón.

Creyó haber tocado sus conciencias, pensó que había despertado la sensibilidad de sus corazones, que al abrir de nuevo los ojos, hallaría un pueblo convertido a la justicia del Señor, pero cuando se levantó, las únicas caras conmovidas que pudo ver entre su rebaño fueron los doce rostros de las meretrices y la faz de niño cabezón de Pascualito; los demás observaban sus relojes, incómodos por el largo sermón, se abanicaban con vehemencia para espantarse el sueño y las moscas, repartían miradas furtivas ya sea de lascivia o de odio hacia las atrevidas prostitutas, algunos se hurgaban la nariz, otros bostezaban, el alcalde había intentado fugarse a medio sermón e, incluso, Serafín Gallo estaba en otro mundo contemplando a Cuca y su maternal regazo. Entonces, en un arranque sin precedentes, tras el rito de la transubstanciación del pan y el vino, llevó, él mismo, la comunión a Rosaura y su séquito, volvió al altar, terminó la misa y se marchó negándose a darle la Santa Cena al resto de la feligresía.

VV. AA.

EL REENCUENTRO
Kalton Bruhl

Revisé una vez más mis provisiones: tres litros de refresco de cola, una pizza de pepperoni, dos barras energéticas y un paquete extragrande de nachos. Satisfecho, me froté la barbilla: parecía ser suficiente para sobrevivir durante las próximas ocho horas. Me senté frente a la computadora, entrelacé los dedos y extendí las manos con las palmas hacia afuera, dispuesto a reanudar la partida del *Reino del dios loco*. El juego en línea tenía unas pocas semanas de haber sido lanzado, pero yo ya le había demostrado al resto de jugadores quién era el rival por vencer.

Estaba a punto de hacer clic en el botón de inicio cuando alguien llamó al timbre de la puerta. Extrañado, fruncí el ceño; no recordaba haber encargado más comida a domicilio. Seguramente se trataba de misioneros mormones. O, peor aún, de testigos de Jehová. Me encogí de hombros y me dije que muy pronto se cansarían de esperar. Sin embargo, parecía que esos tipos estaban bastante interesados en la salvación de mi alma inmortal, ya que después de cinco minutos seguían tocando insistentemente el timbre. Suspiré y dejé caer la cabeza. Estaba visto que no me dejarían en paz.

Avancé hacia la puerta con desgano, preparándome para escuchar las aventuras de Jesucristo en América, en el caso de los mormones, o las delicias de un futuro paraíso aquí en la Tierra, en el caso de los testigos. Sin embargo, al abrir la puerta, sufrí, por lo menos, unos tres microinfartos.

—Hola —me dijo la rubia más impresionante que había visto en mi vida.

Yo solamente pude abrir la boca, sin poder articular palabra alguna.

—¿No piensas invitarme a pasar? —preguntó, ladeando la cabeza.

—Desde luego —respondí, mirando hacia ambos lados de la puerta y haciendo la señal de la victoria con una mano. Si al final se trataba de una broma televisiva, ese gesto me permitiría salvaguardar mi orgullo y decir que lo había sabido desde un principio. Cerré la puerta, sin saber qué debía hacer a continuación. Ella se echó a reír y luego se me quedó viendo directamente a los ojos.

—Todavía no sabes quién soy, ¿verdad? —dijo, entrecerrando los ojos.

—Desafortunadamente no conozco el nombre de todos los ángeles —sonreí.

—Vaya, mi querido Archibaldo, tú siempre tan galante.

Me quedé de una pieza. En toda mi vida, solo una mujer me había llamado por el nombre de ese personaje de la Calle Sésamo. Me remonté a los años en el colegio. Durante ese tiempo, Carlos, el que era todavía mi mejor amigo, y yo conformábamos la línea dura de su club de admiradores. Ella lo sabía y había hecho todo lo que estaba a su alcance para atormentarnos y hacernos sufrir.

—¿Samantha? —pregunté, extrañado.

—No me digas que estoy tan cambiada —dijo ella,

haciendo un puchero— si no ha pasado tanto tiempo. Yo abrí bien los ojos para verla. Tenía más o menos mi edad, así que ya estaba bien entrada en la treintena de años. Sin embargo, cualquier veinteañera habría subastado en eBay el orificio que todavía conservara virgen para poder costearse un cuerpo así.

—Es que sencillamente estás maravillosa —reconocí—. Y dime, después de tanto tiempo, a qué debo el honor de tu visita.

—He venido a compensarte por todos los malos momentos que te hice pasar.

Se miraba que ahora estaba forrada en pasta. Pensé que un monitor 3-D de unas veintiséis pulgadas y un procesador más potente para el computador me vendrían de perlas. Sin embargo, no creí prudente exteriorizar así, sin más, mis expectativas. Lo mejor sería esperar a que ella hiciera una propuesta concreta.

—¿Entonces? —preguntó—. ¿Quieres que te compense?

—No es necesario —respondí, fingiendo desinterés, pero cruzando mentalmente los dedos para que no retirara su oferta.

—¡Qué lástima! —exclamó tras un largo suspiro—. ¡Y yo que pensaba pasarme el resto del día follando contigo!

Tuve que detenerme la quijada para que no cayera al suelo.

—¿Perdón? —alcancé a decir, limpiándome el oído con el meñique.

—Lo que escuchaste. Que, si estás dispuesto, vamos a follar como si hoy se acabara el mundo.

Tardé todavía algunos segundos en recobrar la compostura.

—No soy tan tonto —le dije, sonriendo—. Seguro esperabas que corriera a abrazarte para luego rociarme con gas pimienta. Lástima que ya no es tan fácil hacerme caer.

Ella se hizo a un lado el mechón de cabello que le caía

sobre la frente. Cuando éramos jóvenes, ese gesto bastaba para que pasara el resto del día soñando con ella.

—No estoy bromeando —replicó—. Realmente quiero compensarte.

—No te entiendo, ¿por qué querrías hacerlo?

Ella inclinó el rostro y, cuando lo levantó, sus ojos habían enrojecido.

—No he tenido una vida fácil —comenzó—. Tú no lo sabes, pero he fracasado varias veces en el matrimonio.

"Hasta donde tengo conocimiento han sido cinco veces", comenté para mis adentros.

La verdad es que había seguido con atención toda su vida, interviniendo las bases de datos de los registros civiles y de instituciones financieras.

—Mi último fracaso —continuó— ocurrió en Sudáfrica. Se llamaba Ritske Blom.

Asentí en silencio. Por eso le había perdido la pista. No había encontrado información sobre ese viaje y, claro, a partir de entonces pasó a llamarse Samantha Blom.

—Creí que finalmente había encontrado la felicidad —dijo—, pero me equivoqué. Ahora, después de tantos tropiezos, he aprendido cuál es el camino que debo seguir. Y debo empezar reparando todo el daño que causé.

—¿Y me estás diciendo que el camino hacia tu felicidad comienza con tener sexo conmigo? —pregunté sin mucha convicción.

—¡Exactamente! —exclamó.

No cabía duda, comparados con el programa de autorrealización de Samantha, los libros de Deepak Chopra y Robin Sharma quedaban reducidos a una reverenda porquería.

—En ese caso —dije, enarcando las cejas—, ¿quién soy yo para entorpecer tus planes?

Me acerqué a ella, lentamente, todavía con algo de resquemor. Alargué una mano y le acaricié una mejilla con la punta de los dedos, temiendo que desapareciera en cualquier momento. Ella pareció comprender mi aprensión y me sonrió con ternura al tiempo que se acercaba a mí.

—De verdad estoy aquí —musitó en mi oído.

Tomé su rostro entre mis manos y la besé despacio, con suavidad, así como tantas veces había soñado hacerlo durante mis años en el colegio. Luego la estreché contra mi cuerpo y comencé a respirar el delicioso aroma que emanaba de su cabello. Pensé que podría quedarme así para siempre, sintiendo su calor, escuchando su respiración; sin embargo, lo que se endurecía bajo mis pantalones parecía tener sus propios planes.

Ella se apretó aún más y comenzó a besarme con fuerza. Su lengua se deslizó, cálida y ansiosa, en mi boca, explorando mis labios, buscando jugar con mi lengua. Todavía enlazados por un profundo beso, nos dirigimos hacia la habitación. Nos sentamos en el borde de la cama y ella comenzó a pasar sus dedos por mi cabello y por mi pecho y a susurrar, mientras me mordisqueaba el lóbulo de la oreja, que solo tenía que relajarme y dejarla hacer.

Me tendí de espaldas y ella se inclinó para quitarme los zapatos y los calcetines. El bulto en mis pantalones ya debía resultar demasiado evidente. Quise ocultarlo entrelazando las manos sobre mi entrepierna, pero ella las retiró con delicadeza y comenzó a acariciarme por encima de la tela. De inmediato sentí un escalofrío que me recorrió todo el cuerpo y comencé a implorar en silencio que no fuera a pasarme lo que a la lechera de la fábula que derramó toda la leche antes de llegar al mercado. Desabotonó mi camisa y con círculos suaves sus labios recorrieron mi abdomen, trazando luego círculos más amplios. Me quedé recostado en la cama y le pedí que se desvistiera frente a mí. Debí reconocer que, probablemente, nunca más volvería a ver algo tan hermoso como su cuerpo desnudo.

—¿Dónde quieres metérmela primero? —preguntó con naturalidad—. ¿Adelante o atrás?

Sentí que los ojos se me llenaban de lágrimas. Era la pregunta más hermosa que me habían hecho en toda la vida.

—No tengo ningún lubricante —respondí, indicándole claramente mi elección.

Ella se encogió de hombros al tiempo que giraba las palmas de las manos hacia arriba, como preguntando cuál era el problema.

—Tienes saliva, ¿verdad? —dijo finalmente.

Me mordí el labio y di las gracias mentalmente. Mi fe en la humanidad había sido restaurada. Froté mis manos y me dispuse a ponerme en acción.

Varias horas después (incluyendo las obligatorias pausas para recuperarme, por supuesto), ella se recostó sobre mi pecho.

—¿Me perdonas por todo lo que te hice cuando estábamos en el colegio? —preguntó, expectante.

—Después de lo que acabas de hacer —dije— podrías haberme arrollado con tu auto o haberme dejado inconsciente con un bate y no dudaría en perdonarte.

Ella me sonrió y me dio un beso en la frente.

—En ese caso —dijo, levantándose de la cama—, es hora de marcharme. Me gustaría saber si todos a los que hice sufrir serán capaces de perdonarme.

En ese momento no le di importancia a su referencia sobre sus otras víctimas. Tenía cosas más importantes en que pensar.

—¿Volveré a verte? —pregunté con ansiedad.

—No lo sé —fue lo último que me respondió esa noche.

Cuando se hubo marchado, corrí hacia mi computadora. Necesitaba saber los detalles más recientes de su vida. Tecleé su nuevo nombre y filtré los resultados para leer los datos más actuales. Acerqué el rostro a la pantalla. Debía tratarse de un error. Abrí uno de los enlaces y leí la noticia. Un escalofrío me recorrió la espalda. Habían encontrado su cuerpo sin vida en una habitación de hotel en Johannesburgo. Las evidencias preliminares apuntaban a un suicidio. Pensé que debía tratarse de otra persona, pero al final de la nota aparecía su fotografía. Era ella. Incluso vestía el mismo traje que llevaba esa noche.

Me llevé las manos al cabello y sentí un incómodo vacío en el estómago. Era como estar en medio de una pesadilla. Lo único que hacía falta era escuchar la voz de Rod Serling y que comenzara a sonar el tema final de *La dimensión desconocida.*

Lancé un pequeño grito cuando mi teléfono móvil empezó a timbrar. Era mi amigo Carlos. Inventaría cualquier cosa para que llegara a acompañarme. No estaba seguro de que mis nervios resistieran hasta el día siguiente.

—Carlos —dije—, no vas a creer lo que voy a contarte.

—Te equivocas —apresuró a decirme desde el otro lado de la línea—, tú no vas a creer lo que yo voy a contarte. ¿A que no adivinas quién está en mi casa?

De inmediato tuve un terrible presentimiento.

—Es Samantha, nuestra Samantha —dijo mi amigo— . Y sospecho que quiere tener algo conmigo. Es lo mejor que me ha pasado en la vida.

Juro que quise advertirle, pero algo en el tono de emoción en su voz me puso a pensar. Él era un perdedor igual que yo. Nuestra idea de sexo seguro consistía en actualizar el antivirus antes de entrar a un sitio de pornografía gratis. Lo de esa noche era lo mejor que me había sucedido en toda la vida. Bajé la mirada. Mi miembro descansaba como una pitón después de engullir un cervatillo. Podría vivir durante meses alimentándose solamente con el recuerdo. ¡Qué importaba que Samantha estuviera muerta! Lo cierto era que quizás nunca podría tener otra oportunidad igual. Yo había tenido el mejor sexo de mi vida, ¿por qué habría de impedir que mi mejor amigo tuviera el suyo?

—Hazla pedazos, campeón —dije, y corté la llamada.

EL ÚLTIMO TANGO EN SAN PEDRO
Darío Cálix

Princesa del fango, /bailemos un tango. / ¿No ves que estoy triste, /que llora mi voz? / Princesa del fango, / hermosa y coqueta... / yo soy un poeta /que muere de amor.
JULIO SOSA

1.   El origen

Yo lo seleccioné, y por demás como siempre. Tengo, bien se podría decir, un *modus operandi.* En primer lugar, él se encontraba solo; sí, un hombre joven y de apariencia saludable solito en un bar un viernes por la noche. En segundo lugar —y he aquí el factor determinante—, tenía lo que a mí me gusta llamar "la postura del batiscafo". Ya se la saben: la mano eternamente en la cerveza subibaja y la espalda totalmente encorvada hacia el ojo de la botella, como quien se inclina hacia el abismo para hacer cálculos de vida o de muerte. En ese punto, reparé en un detalle importante: no había tal botella de cerveza, se trataba más bien de un vaso de *whiskey.*

"Hum, he ahí una anomalía", me dije a mí misma, en mi voz más seductora (tan experta era que me metía en el personaje sin darme cuenta). Desde ese preciso momento, la batalla para él estaba perdida: yo no resisto las anomalías. Las colecciono, me excitan, me encantan, hacen que me mueva entre los días. Yo incluso... puedo olerlas, a millas de distancia puedo olerlas. Puedo olerlas como algunos animales pueden oler carne podrida.

En fin, pues que esta pieza decidió moverse por el sangriento tablero de ajedrez que es la vida dos cuadros adelante y uno a la derecha. Y así de fácil, el miserable ese tuvo de pronto una asesina purasangre en su mesa. ¡La cara que puso!

****

Ella me dijo que se llamaba Rosa de Komodo y de inmediato asumí que se trataba de la típica puta cazadora de bolos. Esta como me ve tomándome un *whiskey* piensa que yo tengo pisto... pero se va a joder, no sabe que en este trago se va el último vestigio de mi miserable sueldo de agente de *call center.*

Ya llevaba mis ocho Imperiales adentro del pecho y el juicio me empezaba a fallar. Nada como un buen *whiskey* para neutralizar toda esa porquería. Una vez leí en una noticia que a los pobres diablos que se intoxican con alcohol adulterado les dan *whiskey* para neutralizar el etanol, o algo por el estilo, en fin, que desde entonces me automedico de esa forma antes de partir de una borrachera hacia mi casa.

Cuando ella preguntó que cuál era mi nombre, la ignoré por completo y le dije en tono sardónico: "Mi muy amada mía, nada me complacería más en el mundo que invitarle a usted un trago o dos, pero lamento informarle que ya no queda en mí ni una tan sola moneda".

Ella rio una risa perfecta, y en esto debo hacer énfasis, fue una risa perfecta, y procedió a dar dos cortos y sonoros aplausos en dirección del *bartender* para pedirme un Cinta Negra a las rocas y un vodka con jugo de *cranberry* para ella. Me acordé de la escena de *El último tango en París* en la que Marlon Brando ordena botella tras botella de *whiskey* de idéntico modo...

Yo invito, dijo ella.

Le hiciste igual a Marlon Brando, le dije yo asombrado. Ella volvió a reír y supe entonces que se trataba de una persona especial, de una noche rara. Inspirado por el *whiskey*, pensé seriamente en solicitar un adelanto de sueldo en el cajero automático para darle todo mi dinero, por esa risa, todo mi dinero *and a bottle of rum*.

Rio de nuevo, reía de todas las estupideces que yo le decía. Le aplaudí al mesero a la manera de Marlon Brando y le pedí que pusiera *Rosa Rosa* de Sandro. Mientras la canción sonaba, le conté que Sandro y Marlon siempre me parecieron idénticos y que, entre otras cosas, desde hacía muchos años los idolatraba. Ella me dijo que sí, que muy bien, pero que la película le era deprimente y que no venía muy al caso. Yo sé, le dije, yo sé...

Terminé mi *whiskey*. El truquito del *whiskey* se anula si no se respeta la dosis, y al terminar el segundo ya me sentía mareado y triste otra vez. La aparición del *Último tango* en la conversación no ayudó tampoco.

Terminé confesándole que pasaba por un desastre amoroso, y le mentí también, porque cuando ando borracho invento todo tipo de detalles a las historias que cuento. Le dije que mi novia se había suicidado hacía 6 meses y que desde entonces vagaba entre los *call centers* y los bares de San Pedro, y qué horror, le dije, eso sí que es horrible, andarse echando el último tango en una ciudad como San Pedro Sula...

****

—Darío Cálix —me dijo que se llamaba, y agregó "el escritor", lo cual, como se podrán imaginar, me partió de la risa. Se excusó ante mí por no poder invitarme a un trago, lo cual me causó aún más risa. Eso lo di por supuesto desde que dijiste que eras escritor, le dije, y no me he movido de la mesa. ¿O sí?

Me pareció que el comentario no le cayó muy en gracia, hasta creo que lo ofendió un poco... Pero nada que tres *whiskeys* gratis y un poco de contacto físico bajo la mesa no pudieran arreglar. El chico colgaba ya de mi anzuelo, y a partir de ahí solo fue cuestión de jalar... y jalar... y jalar...

****

Insistió en invitarme a un tercer *whiskey*, por lo que no tuve más remedio que aceptar... Desinhibido como andaba, le empecé a cantar aquel rock & roll argentino que dice: *Un héroe del* whiskey *más / el perro se hace notar / su truco le hace ganar nenas bohemias...*

Y la invité a mi apartamento para seguir la fiesta. Ella dijo que sí, que encantada. Una vez en mi carro ella me pidió permiso para encender un porro y le dije que sí, cómo decirle que no después de todos los *whiskeys* del mundo, pero que yo no fumaba, que me limitaba estrictamente al alcohol, con fervor de religión.

Ella volvió a reír, ahora de manera loca, la risa más hermosa del mundo desencadenada para mí: fui enteramente feliz desde ese instante en adelante. Una vez que llegamos a mi apartamento le puse un blues del gran Howlin' Wolf y le canté al oído esa parte que dice:

You know I have enjoyed things kings and queens will never have... Mmm, I have had my fun.

Y la besé, de una buena vez por todas la besé. Luego ella se hincó ante mí, me bajó el bóxer y puso una cara de espanto. Alzó la mirada y me dijo, en un tono de profunda seriedad: "Darío..., la tienes... GRANDE".

Entonces amablemente yo puse una mano atrás de su cabeza y procedí a mostrarle con toda la delicadeza del mundo que la verdad, la verdad... no era para tanto.

****

No había dado ni dos pasos dentro de su apartamento cuando ya se me había tirado encima: yo, como siempre, fingí ser sumisa. Me sorprendió lo bien que besaba, con una cierta... ternura, diría yo. Típica de los amantes inexperimentados. Que le tomara mucho trabajo quitarme el sostén confirmó esta hipótesis, aunque la verdad, la verdad, es que él andaba muy ebrio...

—*Too drunk to fuck?* —le pregunté en mi voz más seductora, en clara referencia al póster de una antiquísima banda punk que colgaba en una de las paredes.

Él rio, me mordió el labio superior y así la oportuna y culta referencia musical —de la que tan orgullosa me sentí— se disipó entre los vapores, en nuestra ahora densa niebla erótica...

Me bajó las bragas a su debido tiempo y cuando empezó a merodear con besitos mi vientre lo detuve diciendo una frase que ya he utilizado cientos de veces: "Te tengo dos buenas noticias: una es que no tienes que hacer eso y la otra que tampoco tenemos que usar preservativo".

Me quedó viendo consternado y confundido, como si le hubiera bajado con eso toda la ebriedad de un solo golpe. Esa es, ciertamente, la parte más delicada y por ende más excitante de mi... ¿trabajo?

****

No recuerdo bien cómo fue que me dijo, pero básicamente me daba a entender que no era recomendable practicarle sexo oral y que andaba en días no fértiles. Admitiré con mucha vergüenza que me distraje largo rato con la primera noticia. Es que me entristeció sobremanera perderme ese, uno de mis favoritos deleites en la vida... Hasta que ya estaba adentro, hasta que mi cuerpo se movía solo, impulsado por el puro instinto de reproducción, fue que reparé en el verdadero peligro y en el posible problema. Mientras me seguía deslizando con viscosa lentitud hacia adentro y hacia fuera del Origen del mundo, recordé por un breve instante y de manera ultracondensada todas las charlas, todos los consejos, todos los comerciales de todos los medios acerca de las enfermedades venéreas... Y entonces una alarma se disparó en mi cabeza.

Pero ya era demasiado tarde: mis hijos yacían dentro de su roja tumba. El Origen, bien dicen, es también el Fin.

****

Confieso que a mí el sexo, en cuanto a la parte puramente mecánica se refiere, mucho no me interesa. Y es que, en realidad, el sexo es todo menos eso. El jodido metisaca que fascina tanto a los hombres se llama coito, apréndanlo ya de una buena vez. Sexo es el Antes y el Después. Uno no va por ahí recordando polvos, no, uno recuerda solamente ciertos momentos sobresalientes, y ya. Yo sólo recuerdo, por ejemplo, que la primera estocada me dolió un infierno, que una vez un yugoslavo loco me la quiso meter hasta en las orejas, que los mejores dos orgasmos que he tenido en la vida han sido cogiendo por el culo y ya, eso es todo.

Ahora, el Antes y el Después, eso es lo que uno realmente recuerda. Pero bueno, cada cual con lo suyo, y como lo mío es matar, me lo aguanto, eso del jodido metisaca.

Ya ven....

2. El último tango

Me desperté a eso de las ocho o nueve y media de la mañana. Sentí un dolor punzante en el cerebro al nomás abrir los ojos. Los cerré y di vueltas en la cama mientras le pedía misericordia a cualquier santo que me viniera a la mente. Pero no hay misericordia para nosotros los pecadores sino en el pecado mismo, sólo en él somos felices. Pensamientos supuestamente existenciales y así de ridículos me terminaron sacando de la cama.

Encontré desperdigadas por el suelo diversas prendas de vestir femeninas y fue así como me enteré de que la noche anterior la había pasado bien. Fantástico, ojalá pudiera recordar cómo fue... Mientras olisqueaba con gran placer las prendas íntimas que no me pertenecían, recordé la famosa frase de Robert Duvall en *Apocalypse Now*: "Olor a napalm por la mañana, olor a victoria". La cual me recordó que Marlon Brando había participado en esa película, lo cual, en cambio, me trajo a la mente recuerdos fragmentados de la noche anterior, muchos de los cuales ni siquiera me atreví a afrontar en ese momento... Me pareció mejor idea inspeccionar el baño, pues desde hace ratos escuchaba cómo el agua corría y corría desde la ducha.

Sentado en el inodoro, encendí un cigarro y observé su voluptuosa figura moverse tras la cortina. No se dio cuenta de mi presencia hasta que el humo llegó a ella.

—¿Vienes? —me preguntó, con una voz muy seductora.

—Claro —le respondí, y procedí a follarla de nuevo, pero esta vez con propiedad.

****

Cuando terminé de vestirme, volví a la ducha para despedirme de él, pero lo encontré sentado, viendo el agua correr, completamente fuera de sí.

—¿Te pasa algo? —le pregunté.

—Estaba pensando. ¿Sabías vos que se ha documentado que algunos grupos de monos entran en lo que parecen ser trances religiosos frente a nuevas cataratas formadas tras fuertes tormentas en la jungla, al parecer muy conmovidos ante el fenómeno, hasta el punto de las lágrimas?

Su mirada seguía fija en el chorro de agua.

—¿Sabías tú qué mortífero veneno corre por mi vagina, que lo llevas dentro y que te está consumiendo en este preciso momento? ¿Que será la tuya una muerte larga y espantosa, que ya empezó mi *show* favorito, el más triste y ridículo del mundo? —me dieron ganas de decirle.

Pero no me atraen particularmente las muertes anunciadas, así que simplemente di la vuelta y me marché.

3. El fin

Iba a escribir "Nunca más la volví a ver", pero en eso yace precisamente mi debacle, mi ruina y mi fin. El hecho es que... empecé a verla por todas partes. Entre los cubículos de la oficina, en techos de casas cuando iba manejando por las calles de San Pedro, en terrazas de hoteles, en películas, en las mesas más oscuras de los bares más decrépitos que uno pueda imaginarse...

Que me sentía perseguido es lo que tengo que escribir. A donde fuera, su par de ojos negros me rayaban la espalda y efectivamente ahí estaba, siempre del otro lado de la calle, siempre en el edificio de enfrente, siempre inalcanzable. Esa mujer me volvió loco.

No tardé en perder mi trabajo, naturalmente. Con mis

risibles prestaciones acabé en dos días y dos noches concatenados por cerveza y cocaína. No paré hasta que la señora Lipa me echó de su bar a buenas nueve de la mañana tras reventar un vaso de vidrio contra una pared.

Desesperado y borracho, enfilé por la primera calle hasta la catedral. Me caí subiendo las gradas de la entrada y no me podía levantar por más que me esforzara. Un hombre inmenso me ayudó, en sus ojos azules juro haber visto al diablo... Corrí de la mano del terror hacia adentro. Me hinqué en una de las butacas como buen cristiano que nunca he sido y oré, oré por mi sanidad mental y oré por mi vida. Oré por la muerte de Komodo, esa maldita puta cazadora de hombres.

Cuando limpié mis copiosas lágrimas, vi a la virgen santísima y era ella, era Rosa de Komodo, derramando desde arriba una mirada de ardiente reproche. Me levanté, tembloroso, y salí corriendo del lugar de la mano de un pánico inmensurable, dejando atrás el sórdido grito de todos los santos ahí presentes:

—¡No huyas, cobarde! ¡Komodo es tu madre!

Cuando iba por el parque central mi cuerpo decidió que ya había sido suficiente y me desmayé. Por suerte mi buen amigo JJ iba saliendo del hotel Sula y me trajo, no sé cómo, hasta mi apartamento. ¿Un pequeño milagro, quizás, entre tanta desgracia? No, simplemente esta ciudad es diminuta. Yo no sé cómo puede caber en ella tanto mal. En la entrada del infierno hay un rótulo que dice:

San Pedro Sula, abandonad toda esperanza y similares.

24 de junio, 2012

Cuando finalmente desperté, había un plato de comida al lado de mi cama y una cajetilla de cigarros Royal. La comida estaba tibia todavía, automáticamente pensé que me la había venido a dejar mi querida madre, o mi hermano, no sé, algún familiar cercano.

Sin embargo, eso no me hacía mucho sentido dado que yo siempre, siempre dejo la puerta con seguro y ellos no tienen copia de la llave... Tal vez se dieron cuenta de mi drama, de mis escenas de borracho en plena primera calle sampedrana... Quizás, pensé, mi buen amigo JJ no es tan bueno después de todo y les contó. Quizás estén conspirando para meterme a un centro de rehabilitación o algo por el estilo... En fin, todo era posible. Todo excepto que mi madre me llevara cigarros, claro estaba.

25 de junio

Sí sé que dormía mucho. Muchísimo más de lo normal. Era completamente indolente y apenas formulaba alguna idea o pensamiento a lo largo del día. El silencio en mi apartamento era de lo más definitivo. Y cada tarde, al despertar, un plato de comida aún tibia al lado de mi cama. Y una cajetilla de cigarros Royal...

De pronto, empecé a sentir cómo me crecía la barba. Sucedía a alta velocidad, y me dio mucho miedo. Yo incluso podía escuchar un leve ruido, el ruido del vello abriéndose paso por los poros de mi piel... Y ahí sí pronuncié palabra después de días:

"Darío, ahora sí cagate porque esta mierda es real".

Corrí hasta el baño y me vi al espejo. Observé, con asombro, que tenía ya una barba de tres días. Corrí por mi celular —que hasta ese momento había mantenido apagado— para llamar a alguien, no sabía a quién rayos, si al papa o a Dios, para que arreglaran *ipso facto* esa gran falla en su sistema. Pero al encenderlo vi la fecha en la pantalla: habían pasado 3 días.

3 días.

¿Pero 3 días de qué, Dios mío?

30 de junio

Más mono que hombre

Bebo solo, amor mío.
Y les perdono la vida a las cucarachas.

Desde que te fuiste mi vida carece de sentido.
Estoy sucio, soy borracho y desprolijo.

No enciendo la luz,
en cambio, cubro de cortinas las ventanas,
cortinas de terciopelo azul,
vieras qué chuladas...

En esa esquina oscura
en la que ahora permanezco,
parezco más mono que hombre.

5 de julio

Tenía la sensación de que siempre y cuando esos platos de comida y esos cigarros continuaran apareciendo, todo lo demás estaría bien. No necesitaría volver al mundo, el mundo no necesitaría de mí...

But the feeling is no more. No longer. No.

He fumado esos cigarros religiosamente cada día. Creo que tengo cáncer de pulmón. Siento un peso extraño, como si me hubieran metido una piedra justo en el pulmón izquierdo. Sí, justo ahí. La siento, perfectamente la siento.

Uh, ahí está. Uh, ahí está.
Uh, se la llevó se la llevó el tiburón.
No pare, sigue, sigue. No pare, sig...

85

****

El día que lo encontré despierto supe que era el último, siempre es así... En este punto su cuerpo entero yacía en el mero limbo. Apenas le quedaban fuerzas para parpadear y respirar. Estaba sucio, barbón, completamente desprolijo. Olía a muerte inminente en ese cuarto. Respiré profundo, me senté a su lado y le tomé la mano. Estaba completamente frío. Le di un beso en la frente y como de reflejo empezó a convulsionar. Me quedó viendo con ojitos de perro triste.

—Pronto terminará, mi amor. Tranquilo —le dije en tono de madre. Los labios le empezaron a temblar.

—Shh... tranquilo.

No sé cómo diablos lo hizo, pero el hecho es que el maldito logró mediar palabra y me dijo, tatareto, pero me dijo, que me había escrito un cuento, que por favor no me fuera sin leerlo y me señaló con la cabeza su mesita de noche.

Me costó un poco reponerme de la impresión, pues sinceramente no estoy acostumbrada a escuchar últimas palabras... Esas sí que son una carga y yo definitivamente no quiero llevarlas. Había un buen manojo de páginas, efectivamente. Las agarré y, pensando en darle un último placer al moribundo, leí la primera oración en voz alta:

"Ella me dijo que se llamaba Rosa de Komodo y de inmediato asumí que se trataba de la típica puta cazadora de bolos".

Eso me dio muchísima risa, la verdad es que nunca nadie me había hecho reír tanto. Hasta me atrevo a decir que por primera vez en la vida llegué a sentir cariño auténtico por un hombre. Pero cuando lo volteé a ver, ya había muerto.

EL SEMINARISTA DE LOS OJOS ROJOS
Ernesto Bondy

El monaguillo se movió intranquilo frente a la feligresía, observando a la agraciada muchacha arrodillarse con devoción en la grada frente a él, y espió furtivo cómo ella arqueaba tenuemente la espalda y los colochos dorados le caían vaporosos sobre sus hombros...

—¡El escote, ayayay...! —masculló el acólito para sus adentros—. ¿Por qué tenía que lucir de manera tan perversa la inocente niña, justo en el momento de la Consagración?

Cada domingo era su providencia. Cada día de guardar, el seminarista complacía su morbo ojeando a la sobrina del obispo en la misa del mediodía. No podía soslayarlo. Le embelesaba cómo se engalanaba aquella criatura del rebaño, exaltándole el contraste de su piel marfil con la chalina turquesa de tisú y cualquier otro atuendo que la joven luciese, aunque su fetiche más enloquecedor era aquel crucifijo de filigrana de oro peruano que colgaba alucinadamente por encima de la oquedad pecaminosa de sus senos.

Durante toda la semana desmayaba trabajando en las labores del claustro para expiar sus tentaciones.

Dormía mal, se flagelaba y lucía todo el tiempo los ojos inyectados en sangre, dedicando cualquier tiempo flojo a la plegaria en su celda de clausura. Pese a todo, aun portando un feroz silicio no lograba apartar de su mente las visiones de la pariente del prelado. De aquel hueco oscuro en el escote que lo conduciría hasta Mefistófeles... ¿o a ríos de agua y mieles?
—¡Pero, mi Micaela sagrada, Dios mío, aléjate... que quebrantáis mis votos...! —había renegado esta vez al verla acudir al culto, sacudiendo frenéticamente la campanilla hasta que el sacerdote lo advirtió con la mirada.

No obstante, sin importarle el escarmiento semanal, él se obsesionaba por oficiar de sacristán todos los domingos en misa de doce. Conocía que en maitines asistían solamente beatas, señoras recién amanecidas, mientras que al culto de mediodía concurrían las mujeres más guapas de la ciudad, jóvenes y no, emperifolladas y transpiradas... que agitaban sus delirios mundanos cuando asistían al templo.

Después de admirar a Micaela pasó la mirada por las primeras bancas en busca de sus otras atracciones: las pantorrillas pulidas de la maestra escolar, las solteronas Martínez que jamás vestían enaguas, Gretel, la hija de don Gunther, con sus tetas rubicundas por reventar, sentada a la zaga de las huérfanas en flor de las matronas legionarias.
—¡Dios santo!

Tobillos a montón, la nuca de la palestina con su sendero de vellos bajando hasta los paraísos prohibidos de su cuerpo sin sol y los hoyuelos en las rodillas de Fabiola... y demás alucinaciones que reverberaban en su mente pecaminosa en la monótona actividad litúrgica de la catedral.

Durante la eucaristía vivía su máxima angustia. Mientras transcurría la liturgia, el acólito, de rodillas, divisaba parcialmente al público por entre las columnas de la barandilla que separaba el presbiterio; empero, durante la comunión, las damas se acercaban al comulgatorio y ese era el momento de su total desplome espiritual. Las devotas se arrodillaban en la escalinata frente al sacerdote y el monaguillo sudaba a chorros portando la batea ceremonial.

—*Vade retro, Satana...* —imploraba, arrugando los ojos en cada hostia que entregaba el sacerdote.

Pero al agachar el cuerpo para colocar la patena bajo la barbilla de las damas, cuando estas se sometían fervorosas para que el cura les brindara la hostia, los escotes de las feligresas se distendían en todas formas insinuando y mostrando su interior pecaminoso, abriéndose los espacios para que el fogoso acólito contemplara un florilegio de bustos jamás pintados por Botticelli ni Rossetti.

Sumisas, una mujer al par de la otra, desposadas o doncellas, enseñando sus bondades con la mirada gacha y las blusas por estallar. Medallones y escapularios entre jugosos regazos, tetas obscenas o brotes inocentes, camafeos, Luzbel azuzando su lascivia, rosetones y tensos pezones a vuelta de la esquina, relicarios sudorosos, cadenas de oro, pedrería preciosa y el mismo Moloch hurgando al santo, y todo aquel conjunto de afeites, aromas y bálsamos exóticos que se elevaban hasta sus fosas nasales, penetrándole el alma hasta los tramos más oscuros del pecado carnal.

—Micaela, ¡Dios bendito! —alucinaba el acólito al verla ingerir la hostia entre sus labios rosados.

—Micaela de mis quebrantos... con tu corpiño nacarado entre todas las mujeres, tentándome con el pecado palpable de tu figura y el aroma a sándalo que dejas al pasar...

Al concluir el oficio, un instante después de la bendición del sacerdote, Micaela se marchaba altiva entre las demás parroquianas meneando su cándida silueta, mientras el seminarista, de nuevo, desengañado, volvía con sus ojos enrojecidos al claustro gris del monasterio, con sus fantasías reverdecidas.

DIOS PROVEERÁ
J.J. Bueso

Lejos de la mirada de Dios así me lleva, / jadeante y deshecho por la fatiga, / al centro de las hondas y solitarias planicies del hastío.
CHARLES BAUDELAIRE

—Vi este mensaje pendejo y me acordé de vos: "Quisiera ser cura para echarte mis bendiciones".

—Sos un hijo de puta bien hecho, Ramón —me responde Karen, una exalumna y ahora amiga que me confesó tener un romance con el párroco de su parroquia.

Desde que me lo contó le tengo envidia porque de relaciones transgresoras sé algo, pero últimamente no encuentro emoción alguna en las relaciones afectivas, precisamente porque afecto no hay mucho ya en este pecho. Llevo puesta la coraza antisentimental de los que han sido traicionados. Cada nueva mujer en mi cama recibe cientos de puyones de desquite, como si con penetrarlas a ellas estuviera de alguna manera apuñalando a mi ex en el vientre. Lo sé, imagen misógina de la cual no me enorgullezco.

Karen me contó que también estaba en un momento vulnerable cuando comenzó su acercamiento con Charles, el carismático sacerdote de la parroquia San Antonio de Padua de San Pedro Sula. Ella fue en busca de un consejo, ya que comenzaba a tener problemas con su entonces novio. Charles al final de la consejería le pidió el número de celular para darle "más asesoría".

—Bien asesorada te tiene —le digo.

—Sos un hijo de puta bien hecho, Ramón —me repite, riéndose—. Pues que, a mí, te confieso, no me gustó al inicio, a las demás cipotas sí. "Está guapo el nuevo padrecito", decían. Esa misma noche salí a distraerme y me puse un *outfit* bien bonito y publiqué un estado en WhatsApp. "Muy guapa y elegante se ve, *madame*", me escribió Charles. Le dije gracias y hasta allí quedó la cosa.

En los días siguientes pasaron situaciones similares. Yo estaba dejándome llevar. La química comenzó a despertar entre nosotros cuando nos reunió a todos los jóvenes para comunicarnos los proyectos que traía para la parroquia. Reparé en su gracia para hablar, en su jovialidad y en las miradas que me lanzaba. La química es una vaina bien misteriosa, Ramón, y él ha sido el único que me ha obligado a hacer cosas que nunca pensé hacer.

—¿Sexo anal?

—No... otras.

—¿Sexo en la iglesia?

—Maje, todavía tengo límites, es cierto que tengo ya un pie en el infierno, pero quiero salvarme, todavía...

—¡Ay! ¿Me vas a decir que no se te ha cruzado por la mente?

—De hecho, una vez el *man* me invitó al sagrario porque dijo que quería platicar conmigo un asunto. Se me echó encima y yo bien perra, lo aparté con mis dos brazos. Ese día me enojé mucho con él.

—Me recuerda a una película de Jenny Forte, producida por Mario Salieri, un famoso director de cine porno italiano —le digo a Karen—. La película se llama "El confesionario". El argumento ya te lo imaginarás. Un párroco llega, cual demonio, a un tranquilo pueblo y comienza a cogerse a las feligresas, monjas y mujeres desesperadas que van a confesarse. Hay una escena especialmente morbosa. Una joven Mónica Roccaforte, una actriz muy guapa con rasgos faciales exóticos va con su madre a la oficina del cura. El *man* le pide a la madre que espere sentada en la banca de afuera mientras comienza a pervertir a la Mónica. De hecho, el muy cínico para un momento, se mete la verga a la sotana, abre la puerta, se asoma y le dice a la señora que ocupa más tiempo con la hija, que el asunto es delicado, pero que, con un poco de paciencia y fe, las cosas irán mejor.

—Y la cosa se pone mejor.

—Exacto. ¿Ya la viste?

—No tengo necesidad, como podrás darte cuenta —me responde Karen.

Le hago señas al mesero para que me traiga otra cerveza, Karen lleva la mitad de la primera y yo ya llevo tres. ¿Que si tengo algún interés romántico con ella? Naaa. Si acaso la intenté seducir al principio fue por mero deporte. Ella es guapa; de hecho, es aspirante a modelo profesional y ha realizado sus sesiones de fotos por aquí y por allá, para tiendas en línea o para el morbo de algún seudofotógrafo que anda en busca de carne fresca. Es alta, culona, tetona y usa el cabello largo: la combi completa, como dicen mis alumnos. Tiene 20 años. Parte de mi envidia es que todo el asunto, a pesar de no ser original ni inédito, la tiene allí: experimentando la adrenalina de la unión entre lo sagrado y lo profano.

—Vives en un cuento del Marqués de Sade. En un mundo donde ya no hay nada sagrado para la mayoría de nosotros, vos estás viviendo algo que todavía puede generar bastante polémica. Por cierto, estuve investigando y a chicas como vos las apodan "Las rivales de Dios" —le comento.

—Puta, maje, se ve que te has emocionado con el tema. ¿No me digás que ya lo investigaste?

—¿Y todavía lo dudás? Sé que es francés, le encanta trepar cerros y hasta le han hecho reportajes donde lo mencionan como un líder "cercano" a los jóvenes.

—Bien cercano el cabrón ese... —me responde Karen, mientras se empina el resto de la cerveza y arruga la cara—. Lo peor es que sé que no soy la única; por allí sospecho que ya le dio vuelta a una güirrilla de esas que te conté. A la cipota le han dado vuelta un montón y la maje nunca ocultó que él le parecía guapo. Eso me enfada, porque cuando yo le conté a Charles lo del chavo de Tegus, se enojó mucho conmigo. De hecho, sigue bien distante. ¿Por qué los hombres son así? Nunca hemos hablado de exclusividad sexual, y yo la verdad le he sido bastante fiel. Mi teoría es que le comieron el bocado y por eso se enojó.

—¿Ah? No te entendí —reacciono y vuelvo de mi lapsus; al parecer ya me están pegando las birrias.

—Cuando el maje este de Tegus me penetró, me dolió bastante. No tenía sexo desde abril, es decir, desde hace seis meses y estaba más estrecha. Yo creo que Charles lo imaginaba y le dolió que me entregara a alguien más. Algo similar ocurrió cuando él y yo estuvimos juntos por primera vez. Mi relación a distancia me había tenido sin sexo como por un año. Así que el maje me hizo pija, por decirlo así. En fin, la última vez que chateamos quedamos de salir para mi cumpleaños, que es la próxima semana, aunque lo estoy dudando y supongo que él también ahora que sabe que ya no estoy tan pendeja por él. Quiere invitarme a un restaurante peruano. Se ve finolis.

—Conviene más que se enmotelen —le contesto—. Pareciera que quieren ser descubiertos, yo te entiendo, parte de la emoción es esa, pero ¿qué pasaría si esa bomba estalla? El *man* se ve que su iglesia es todo lo que tiene. Está cómodo, maneja un buen carro, toma cerveza, se coge a un par de feligresas en secreto, digo, perdería todo eso. No parece que le convenga exponerse de más.

—Solo pienso en mi papá... se sentiría decepcionado de mí, y a mi viejo lo amo demasiado.

—Si yo fuera padre, quiero decir, papá, y me entero de que la figura moral en la que confío se coge a mi joven hija, allí nomás me voy a toparlo a verga. Y le armaría un escándalo por todo lo alto. Todo quedaría hasta en videos tipo "Papá y padrecito pelean con música de Linkin Park de fondo".

—¿Creés que no he pensado en eso? Nada es el enojo de él, sino que yo sé que se va a decepcionar bien feo de mí.

—¿Y tu mamá? ¿No te preocupa?

—Bien sabés que no tenemos la mejor de las relaciones. Por cierto, hubo una vez en que Charles me fue a dejar a la casa y ya casi para llegar detuvo el carro, se bajó el pantalón y me dijo que se la mamara. Pues yo bien mandadita, porque confieso que ha sido el único al que me ha gustado mamársela. Terminamos cogiendo en el carro y yo ni podía hallar después uno de mis zapatos. Medio me arreglé la ropa y el pelo y sorpresa, mi mamá me estaba esperando, pues venía del supercito de la colonia. Me preguntó de quién era el carro. Le dije que del padre Charles. Y me preguntó entonces por qué había tardado tanto en bajar. A mí se me salía el corazón del pecho, pero le respondí que nos emocionamos hablando de un proyecto. Me creyó, supongo.

—Otra vez la película porno de Salieri, jajaja.

—El porno es aburrido.

—Lo sé, yo le he perdido el gusto. Quizá por eso los OnlyFans están de moda, el porno se siente muy falso. Creo que eso de los videos entre supuestos familiares, los de dizque incesto, han sido el último intento de la industria por recuperar lo de profano, lo de prohibido. Pero bueno, Gina Valentina tampoco tiene 60 hermanastros, ni Jordi, el Niño Polla, tiene 60 madrastras. Pero tampoco pagaría por un OnlyFans, considerando el enorme mercado negro de *packs* que hay, solo es cuestión de tener paciencia para que los videos se filtren, así como ocurrió con los videos y el *pack* de fotos de mi exnovia —le digo a Karen, sin que note que me hierve la sangre al recordar cómo me bajó dinero y me puso cuernos con todo hippie mugroso que se le cruzó en San Pedro Sula y luego en Tegucigalpa.

—¿Me vas a llevar a conocer otro lugar? —me pregunta Karen.

—Dejame y pido la cuenta y te sigo enseñando mi pueblo entonces. Ya se me ocurrirá algo más —le contesto.

****

Ahora conduzco mi Toyotita Corolla por la Carretera Internacional de Ocotepeque, mi pueblo natal, donde casi nadie me conoce por haber migrado a San Pedro Sula desde hace más de 15 años. Llevo a Karen a conocer Antigua Ocotepeque. Como católica, la iglesia colonial es un destino que debe visitar. Por el camino se divisa el Peñón de Cayaguanca. Se lo señalo.

—Cayaguanca significa "Piedra que mira a las estrellas".

—¡Qué *cool*!

—Y hay también una historia de amor prohibida en ese nombre.

—Contámela.

—Pues que Cayaguanca era un joven guerrero de una tribu de la zona. De hecho, Antigua Ocotepeque es territorio maya-chortí para que sepás. Pues que el maje se enamoró de una princesa y se veían en secreto allí por la piedra. El cacique, padre de la muchacha, los descubrió y amarró a nuestro héroe en el peñón. Allí, el *man* lloró y sus lágrimas inundaron la zona. Cabe mencionar que el río Marchala fue el que causó la pérdida de lo que ahora se conoce como Antigua Ocotepeque, a donde vamos. Solo te lo comento por cuestiones de paralelismos. Las lágrimas que quedaron en el rostro de Cayaguanca se convirtieron en piedra y le sirvieron de sepulcro.

—Bonita historia..., aunque trágica.

—¿Pensás que Charles podría ser tu Cayaguanca?

—Pienso que esto no va a acabar nada bien...

La iglesia de Antigua Ocotepeque está en reparaciones. Se ven las zanjas donde colocarán nuevos desagües, sin embargo, los trabajos parecen estar abandonados desde hace algún tiempo. Esto me provoca una sensación extraña.

Subimos por la escalera de caracol hacia la cúpula. Es estrecha y solo cabe una persona a la vez. Ya en el campanario, Karen me platica que Charles le ha dicho que desea morir de cáncer o de una enfermedad parecida.

—Cuando me dice esas cosas yo me pongo a llorar. Y la muy pendeja me he imaginado cuidándolo hasta el último día —me comenta Karen.

—Extraño deseo, pareciera como si deseara, de una u otra manera, ser castigado. Aunque ese final sería de alguna manera agridulce para ustedes dos —le manifiesto.

—Si me tocara escribir una historia sobre esto, me quedaría con ese final —me dice Karen, y me parece luego de decírmelo aún más pensativa. La iglesia, supongo se trata de la iglesia. Hemos ascendido por unas escaleras hasta aquí, pero en el fondo ella siente que ha descendido hasta las catacumbas de su fe. Pensar que cuando el río Marchala inundó este lugar, la iglesia fue el refugio que le salvó la vida a toda esa gente. Que muchos pobladores atribuyeron la tragedia a que el pueblo estaba "lleno de pecado". Por la noche de ese día llego a mi casa considerablemente borracho. Sueño que soy un sacerdote del que todos se burlan, porque me acusan de haberle robado las vestimentas a alguien más. Bajo del presbiterio y huyo del templo, corro a través de las imponentes ruinas de una ciudad perdida. Las piernas se me acalambran y quedo paralizado de rodillas en medio de una plaza solitaria. Termino desplomándome y besando el polvo de los ladrillos del antiguo piso. Una serpiente gigante se desliza a través de los mausoleos, de las estatuas religiosas y paganas. No puedo moverme, pero observo cómo la piel del basilisco se va poniendo negra. Su cabeza es tan enorme y su cuerpo tan largo y grueso, que estoy seguro de que al tragarme será como comerse a un pequeño ratón.

****

No supe de Karen por varios meses. En su último mensaje me dijo vía Facebook que el celular se le cayó en una zanja y que no podría comunicarse por algún tiempo. Esto fue un día después de irse del pueblo. A los tres me volvió a escribir y me dijo que le había encantado un cuento mío.

—Estaba en el cine y mientras empezaba la película me lo leí en el celular. No pude evitar llorar con el final —me dijo.

—Sí, soy bueno para los finales trágicos. Los finales felices son los que me cuestan —le contesté.

Recuerdo que cuando bajamos del campanario de la iglesia de Antigua Ocotepeque, en las vacaciones del pasado octubre, Karen y yo nos sentamos en la banca del parquecito al costado de esta, bajo la sombra de un ceibón. Se nos acercó un parroquiano y comenzó a platicar amenamente con nosotros. No podía ocultar que le agradaba Karen. Le platicó de la tradición de los moros y cristianos, pero lo que realmente le interesó a ella fue Casiano.

La celebración conocida como "Ayote pa Casiano" se hace el 1 de noviembre. Consiste en armar un muñeco parecido a un espantapájaros y cargarlo en hombros. La comitiva también va disfrazada con máscaras tradicionales y en los últimos tiempos, con caretas de personajes famosos del cine de terror o de los cómics. Confieso que cuando era adolescente participé una vez y usé la máscara del asesino de la película *Scream*. El grupo camina de casa en casa pidiendo ayote para Casiano.

Los más ancianos todavía preparan ayote en miel, pero las nuevas generaciones en lugar de ayote les dan otros dulces o dinero en efectivo. Es parecida a la tradición de dulce o truco. Ocurre que a veces hay más de un Casiano, por lo que la competencia se puede volver hostil entre los barrios. Tratan de robarse al Casiano de los demás grupos y hay ocasiones en que esto termina en enfrentamientos a pedradas. En los primeros tiempos la repartición del botín solía hacerse en un cementerio a la medianoche, pero ahora se hace en el parque central del pueblo.

José, el parroquiano, quien también le contó a Karen que es pescador, nos dijo que una vez recibió una pedrada en una costilla, y estuvo en cama durante varios días.

—No quedé bien desde ese día, fue tetuntazo el que me dejaron ir —le contó mientras se levantaba la camisa para enseñarnos la cicatriz.

Karen me miró con ojos tristes. Ambos estábamos pensando en lo mismo. La muerte a pedradas para las mujeres adúlteras en la Biblia.

Nos despedimos de José y nos subimos a mi carro. La dejé en la casa de la amiga donde se estaba quedando y seguí bebiendo.

****

Han pasado seis meses desde que vi a Karen por última vez. Está reportada como desaparecida. Hay una campaña en la iglesia San Antonio para dar con su paradero. He tenido que recurrir a la policía de manera anónima para contarles lo que sé. Han capturado a Charles y lo tienen en custodia como principal sospechoso de su desaparición. Los medios se han dado un festín con el caso. Aparecieron en el camino otras "víctimas" del sacerdote. ¡Ay! Vamos, ya sé lo que están pensando, este hijueputa está revictimizando a las ultrajadas por el cura. No es así, es por otra razón... pero también ocurre que, bueno, ya no hay nada sagrado en este mundo y lo poco que queda es una experiencia que hay que vivir. ¿Y quién dice que un cura chele, que habla francés y de ojos azules no puede ser la fantasía de una adolescente morena, tercermundista, con problemas en el hogar y en pleno despertar sexual? Solo digo que, en la guerra de los sexos, la evolución parece haber beneficiado más a la mujer en los últimos años y ahora es difícil saber si una chica te está diciendo su edad real y en algún punto uno no quiere saberlo. Esta idea les agrada mucho a las colegialas en busca de *sugar daddies* y les desagrada profundamente a algunas que están llegando a su treintena y le temen a la vejez.

***

Encontraron el cuerpo de Karen hace poco. Ya estaba descompuesto y, como no podía ser de otra manera, lo encontraron en la iglesia, en una de las zanjas donde los trabajadores reanudaron sus labores tras al fin recibir un poco más de presupuesto de la comunidad. Al principio yo no entendía lo que estaba viendo en el noticiero. ¿O sea que a José lo habíamos visto antes y no después de subir al campanario? Pues eso decía él por televisión y al parecer yo simplemente me confundí. Esto me pasa más seguido últimamente.

No tengo una explicación para ustedes de por qué lo hice, supongo que estaba aburrido y de alguna manera quería participar en esta historia profana. En parte fue por puro hastío. Repito, ya no me quedaban muchas perversidades en el mundo que fueran así de tentadoras.

No me siento mal por Charles, estoy seguro de que pronto estará en una nueva parroquia y que sus pecados por haberse metido con menores tercermundistas serán perdonados por la iglesia. Volverá a ser el promiscuo marqués de Sade que ha sido desde hace mucho a donde sea que lo manden. No sé si Charles experimentará culpa o se sentirá responsable de lo que le ocurrió a Karen, no tanto como yo, eso es seguro.

He viajado al pueblo y he venido a sentarme al parquecito de la Antigua Ocotepeque de nuevo, frente al ceibón, al costado de la iglesia. Estoy esperando que José aparezca, no experimento emociones perversas, esto es más un deber, un acto de autoconservación. En estos momentos me lo imagino pescando en el río Lempa. Ojalá esa atarraya se le llene, que Dios le provea el sagrado alimento, de todos modos, yo desde hace mucho tiempo le tiré la primera piedra.

VV. AA.

DE GENERACIÓN EN DEGENERACIÓN
Dennis Arita

El hombre al que se la estaban mamando en la foto era él, Vicente Vega. Cómo iba a confundir esa cara entre triste y preocupada con la de otro tipo. Era su cara. No tuvo la menor duda desde que sacó el rectángulo de cartoncillo del sobre de manila y se quedó viéndolo un rato, tratando de entender qué mierda estaba pasando.

Para cualquier otro no hubiera quedado claro si quien estaba chupándosela a Vicente era un hombre o una mujer. Lo que importaba era que Vicente sí lo tenía claro. Por algo él era la estrella de la foto. Daba igual que quien estaba mamándosela casi no tuviera pechos y que las caderas apenas se le hubieran ensanchado por el esfuerzo de ponerse de rodillas para tragarse la mitad del pene.

Ni siquiera el mechón de canas artificiales a un lado de la cabeza habría terminado con las dudas de otro que no fuera Vicente. Ese tinte le gustaba tanto a la gente que se lo ponían hombres y mujeres adultas,

103

muchachos, muchachas y hasta niñas. Era una de esas modas raras que Vicente no terminaba nunca de entender. Por un lado, gente pintándose el pelo de blanco mientras otros se desvivían por teñirse las canas de negro.

Quedó fascinado al ver el mechón ceniciento en el pelo oscuro, liso y largo que el Vicente de la foto apartaba con una mano para no tapar del todo la boca de la persona que estaba mamándole la pija. Vicente comenzó a sudar. Le dio vuelta a la foto. En el revés había un par de renglones escritos con marcador fino. Metió rápidamente la foto en el sobre amarillo cuando oyó la voz de Jenny como si le gritara desde muy lejos.

—¿Vio, míster Vic?

Vicente saludó con una mano mientras con la otra se metía el sobre en los *jeans* que se ponía los sábados para servir de guía a los equipos femeninos de fútbol y volibol y a los cuadros de ajedrez y sudoku de la universidad. Estaba tan acostumbrado a los pantalones de sastre que tardó un rato en hallar el bolsillo trasero.

—¿No vio? Metimos un gol.

Jenny se detuvo sobre la raya lateral del campo de fútbol y arrugó la frente. Detrás de ella, sus compañeras de equipo seguían celebrando. Una de las jugadoras le echó los brazos sobre los hombros, pero Jenny permaneció inmóvil, indiferente al festejo de las demás.

—Qué bueno —gritó Vicente. Tuvo que aclararse la garganta—. Te felicito. ¿Cuántos goles llevás con este?

—Pero si no lo metí yo, míster.

Jenny se le quedó viendo un momento. Luego alzó los hombros y comenzó a alejarse, moviéndose dentro del uniforme demasiado grande para su cuerpo pequeño y flaco. Mientras caminaba, iba arreglándose las muñequeras para tapar las cicatrices de los navajazos. Vicente iba a decir algo, cualquier pendejada para animarla, pero tembló al ver cómo Jenny se quitaba de la frente el mechón de canas artificiales.

perra te gusta que te la mamen no? te gusta que te la mamen y te gusta verte mientras otra perra te la chupa verdad? no te desesperes que tengo otras sorprecitas como esta para vos ya bas a ver. Si no queres que te siga mandando otras mejor tene preparados 500,000 lempiras ay despues te paso las instrucsiones. XOXO perra

—¿Quién le dio el sobre?

—Una mujer, prof.

—¿Joven, vieja?

El conserje se quitó la gorra para rascarse el pelo alborotado.

—Joven, creo.

—¿Cómo que cree?

—Pues no sé. Iba tapada. Era chaparrita y con tamaños anteojotes oscuros. Y con un arito con una figura rara. Así.

Se sacó la Bic del bolsillo y se dibujó una esvástica en la palma de la mano. Se la enseñó a Vicente, pero Vicente no le hizo caso.

—¿Cómo que iba tapada?

—Con sombrero y una de esas cosas.

El conserje hizo un gesto con la mano alrededor del cuello.

—¿Pañoleta?

—Eso, prof.

El conserje sonrió. Vicente tuvo deseos de darle un golpe. Una cachetada. Lo que fuera. Tal vez la sorpresa del golpe habría podido sacarlo del estupor y convertirlo durante un rato en un ser humano.

Vicente recordó que el sobre no iba cerrado. Al que lo había enviado le importaba una mierda todo. Eso era lo que más miedo le daba a Vicente.

—*Okay*, Servando. Usted no vio lo que iba en el sobre, ¿verdad?

—No. Cómo va a creer, prof —sonrió Servando—. Yo, con todo respeto...

—Cheque —interrumpió Vicente—. Luego hablamos, ¿*okay?*
Dio media vuelta y se fue por el pasillo del colegio que daba a la sala de maestros.

Me siento orgulloso de presentarle esta placa de homenaje al profesor Vicente Vega como maestro del año. Todos conocemos la trayectoria profesional de Chentillo, pero esta placa no solo es para reconocer al gran matemático y excelso profesor de inglés, al *primus inter pares*, sino también al hombre de familia y por, sobre todo, al gran ser humano que ha ayudado a salvar vidas humanas. Así es, damas y caballeros presentes hoy en la celebración de este aniversario de plata de nuestra institución que no tienen la suerte de conocer como yo tengo el placer de conocer el perfil humanista de Chente Vega. Este ilustre caballero que tengo acá sentado a mi lado es el motor del programa Joven, ¡Tú Puedes! Ese proyecto benemérito ha ayudado a que docenas de alumnos y alumnas escapen de las garras del alcohol, las drogas, los embarazos tempranos y el suicidio por medio de un enfoque integral que hermana el trabajo decente con el juego y el aprendizaje. A la entrada de este auditorio podrán leer un mural preparado por delicadas manos juveniles en el que se cuentan las historias de docenas de chicos y chicas salvados por las manos callosas de Vicente Vega. Sí, callosas por el trabajo digno, ya que este hombre que tenemos acá es también, como el maestro de Galilea, un carpintero cualificado. En fin, ya no pienso seguir aburriéndolos. ¡Sin más preámbulo, acá con ustedes el profesor Vicente Vega! Un aplauso, por favor.

Primus inter pares. Qué pendejadas se le ocurrían al director Brizuela. Vicente metió el sobre de manila en la gaveta y le puso encima la placa de homenaje al maestro del año 2019.

¿Y si la abren? Estuvo viendo la placa un momento antes de volver a sacarla de la gaveta. Agarró el sobre y se quedó con él en la mano mientras veía a Rigo Paz, que estaba parado frente al escritorio. Tenía el vaso de café humeante en una mano mientras con la otra se arreglaba la corbata.

—¿Tonces, mi estimado cardenal? —dijo Rigo después de suspirar—. *What's the matter?* ¿Cómo va esa vida de entrenador de chicas lindas?

Vicente no supo qué decir, pero eso no era raro. Siempre que se encontraba con Rigo se le acababan las palabras. Seguramente se debía a que estaba seguro de que Rigo lo detestaba injustamente. Y más desde lo de la placa y bla bla bla. Y más porque Vicente hacía una mueca cada vez que Rigo metía una frase en inglés por cada tres en español. Y más todavía porque Rigo era quien más insistía en todo el colegio en esa pendejada de llamarlo cardenal. Pero en realidad no era culpa de Rigo. Vicente se parecía tanto al cardenal que el apodo lo había acompañado casi desde la primera vez que al cura ese le había dado por echarles tierra en sus misas televisadas a los gays y los comunistas.

—¿Y esa onda?

Rigo decidió ayudar a Vicente a llenar el vacío de palabras. Sin dejar de arreglarse la corbata, señaló con la barbilla el sobre de manila. Sonrió malévolamente.

—¿No será que te dieron el *lay off,* mi querido cardenalini?

Vicente vio, sin poder hacer nada, cómo la foto se deslizaba hacia afuera del sobre y caía al suelo después de dar dos o tres giros en el aire. Rigo se inclinó sobre el escritorio para ver lo que acababa de aletear hasta el piso. La foto había caído con el revés para arriba. Rigo achinó los ojos para leer el mensaje escrito con marcador 0.5 en el recuadro blanco, pero solo pudo descifrar un par de palabras antes de que Vicente, con un movimiento veloz, recogiera la foto de un zarpazo.

—¿Qué le pasó a tu perra?

—Nada —dijo Vicente. Se puso de pie de un salto y metió la foto en el sobre.

—Tengo un alero veterinario. Si querés, lo llamo para que te ayude a sacrificarla. Digo. Los animales sufren también. Pero ese *men* solo es un jeringazo y *bye bye.*

Vicente se metió el sobre en la bolsa delantera de los jeans antes de que Rigo le echara la mano encima. Iba a meter la placa en la gaveta, pero la dejó donde estaba para que Rigo la leyera como lo había hecho a diario durante los dos meses que estuvo colgada en la pared de la sala de maestros. Si de algo Vicente estaba seguro, era de eso.

—¿Por qué no te metés en tus mierdas? —dijo Vicente antes de salir.

El árbitro nos robó el penal, ¿verdad, Lemus? Ponele duda, no sé de dónde se sacó el *offside.* Se lo sacó del culo, Rodríguez, ¿de dónde creés?

Vicente corrió a esconderse detrás de una enorme base de concreto para ver pasar a las chicas del equipo de fútbol. Las oyó llamarse por sus apellidos, bromear y reírse de camino a las duchas de la universidad. Otra idea brillante del maestro del año: llamarse por los apellidos en vez de los nombres. Como si eso las hiciera respetar a los demás. Bah. Pero Brizuela estaba feliz. Y Rigo cada vez más verde de la envidia.

Vicente se asomó por el borde de la base y volvió a meter rápidamente la cabeza cuando vio a Jenny separarse del grupo y quedarse atrás para echar una mirada alrededor. ¿Parecía preocupada, extrañada? No podía adivinarlo aunque tenía meses de escucharla sacarse todas las rabias del pecho. Pero al principio no fue así. El primer día de clases se le había quedado viendo como si él fuera la peor mierda que había contemplado en sus dieciocho años de vida. Siguió viéndolo de ese modo, la frente fruncida, los puños crispados, durante medio año. Hasta que vio el trabajo de Víctor con los alumnos y un día, de repente, se lo dijo. Es que usted es igualito a él. ¿A quién, Jenny? Y las confesiones llevaron a más confesiones y entonces los abrazos y la casa vacía de Vic en la noche. Apenas son las siete, ¿querés que entremos? Este es el mejor vino del mundo. ¿Pero vos fumás? Claro, míster Vic, ya no soy una cipota. Y tenía toda la razón. Y en la mañana más confesiones. Tenemos que matarlo, míster. De repente ya no era una suicida, sino una asesina en potencia. Matarlo, matarlo, tenemos que matarlo. Y de vuelta a la cama porque así es como son las cosas cuando una ya no es una niña y al maestro del año acaba de engañarlo su mujer, y las confesiones se repetían semana de por medio en la casa de míster Vic y en el campo de tiro al que la llevaba una vez al mes para practicar con la .38 recortada. Que no te tiemble la mano, ¿ves?, solo la agarrás fuerte y apretás el gatillo, la muñeca relajada, pero firme. Para usted es fácil, míster Vic, con el cuerpo que se carga. Se suponía que eras vos la interesada en manejar pistola, pero a este paso el que se va a volver experto soy yo. Y luego de vuelta a la casa y a la cama porque así es la cuestión cuando una ya no es niña y cuando uno es un profesor de inglés al que su mujer acaba de dejar tirado como un trapo viejo. *Bye bye,* metete en el culo el diploma de profe del año. Pero que se jodiera Adela, la cara que la muy puta pondría si me viera ahorita, pervertido, fijo eso diría la cabrona. Jenny, ¿creés que soy un pervertido? ¿Y eso por qué, míster Vic? Porque quiero que te pintés canas en el pelo y posés en unas fotos, ¿lo hacés por mí, por nosotros? ¿Cuáles fotos, míster Vic?

Vicente se sintió como un imbécil mientras caminaba agachado, con la coronilla de la cabeza apuntando al frente. Escondido detrás de un arriate, siguió caminando como un tarado hasta llegar al estacionamiento de la universidad.

Se enderezó y siguió avanzando rápidamente hasta salir de la universidad. Oyó la voz de Jenny llamándolo. En lugar de hacerle caso, se apresuró más.

Tuvo suerte. Había un taxi estacionado junto a la caseta de vigilancia. Se metió sin saludar y dio una dirección cualquiera. Ya la cambiaría en el camino. La cosa era irse a la mierda. El taxi arrancó. Vicente insultó entre dientes a Adela, que lo había dejado sin carro y sin un centavo en la cuenta mancomunada antes de largarse con un activista político.

Por su bondad reciban también la herencia eterna. Amén.
Y dado que al confesar la fe han resucitado con Cristo en el bautismo, por sus buenas obras merecen entrar en la patria del cielo. Amén.
Que la bendición del padre, el hijo y el espíritu santo permanezca con ustedes para siempre. Amén.
La nariz afilada, los pómulos altos, la pinta vagamente afeminada, la franja de pelo canoso todavía visible en el pelo parado, el muchacho se inclinó sobre la mesa frente al altar mayor al mismo tiempo que el cardenal. Vicente dio un pequeño salto en la banca donde estaba sentado, en la tercera fila, contando desde el altar, cuando la monja rasgueó las cuerdas de la guitarra para empezar a cantar un himno.

Vicente reprimió un bostezo y se arregló los anteojos y la gorra. La vieja que estaba sentada al lado suyo se le quedó viendo con cara de puta asesina. Vicente hizo una estupidez que le pareció divertida. Se quitó los grandes anteojos oscuros y la gorra y vio a la vieja a los ojos. La vieja, asombrada, abrió la boca sin saber qué decir. Vicente sonrió con socarronería. Sí, ¿verdad? Igualito, ¿no? Como dos putas gotas de agua.

Iba de salida de la catedral cuando vio un cartel clavado con alfileres en una pizarra de corcho puesta sobre un atril. El cardenal Martín Rodrigo estaba disponible ese día, únicamente ese día, para escuchar las confesiones de los feligreses. Parecía un anuncio de ofertas en unos grandes almacenes. Vicente soltó un bufido y arrancó el papel del atril enfrente de la vieja puta.

—Padre, confieso que no he pecado.

—Dime, hijo, qué... ¿dijiste que no has pecado?

—No, padre. Pero usted sí.

—Todos hemos pecado, hijo.

—Yo no. Solo que pecar sea estar dos horas haciendo fila para confesarme con usted y estar acá fregándome las rodillas.

—Hijo, te ruego que respetes este santo recinto.

—Si este recinto es santo, no merece... no merecés estar acá. Y menos hacerte el santito perdonando los pecados de los demás.

—Yo no perdono, hijo, quien perdona es Dios.

—Ya cerrá el pico, hijo de puta. Santos mis huevos. Tengo acá la foto que me mandaste con ese putito a la universidad. Y cuidadito hacés algo porque te quemo el culo. Ando pistola y me tiembla la mano.

—Hijo, por favor...

—Te dije que cerrés el pico. Jenny me contó lo que le hiciste cuando tenía solo cinco años. ¿No te das asco vos mismo, pedazo de mierda pervertido? ¿Qué te dije? Que no te movieras, ¿no?

—No me he movido.

—Ya se te olvidó lo de *hijo* y toda esa mierda, ¿no?

—*Ego te absolvo.*

—Callate, perro.

—Yo no soy el que sale en esa foto, hijo.

—Me vale verga. Lo que quiero saber es cómo dieron conmigo. Hijos de la gran puta.

—Tengo amigos en lugares altos. ¿Viste ese muchacho que me acompañó en la misa? Su papá es de la cúpula militar. No sabes con quién te metes.

—Sí sé. Con una mierda. Y ese cipote es otro de los que te dan por el culo. ¿Por qué te quedás callado?

—Estás actuando sin control. Lo que hiciste fue una cosa sin sentido. Para empezar, me pediste dinero. Eso no es lo que haría alguien en busca de justicia por una cosa que yo no hice. Además, tú terminaste haciendo con esa chica lo que me acusas de haberle hecho hace unos años.

—Ahora es mayor de edad y estuvo de acuerdo en hacerlo. No es lo mismo. Y quién sos vos para decir qué tiene sentido. Para mí esto tiene más sentido que todo lo que has hecho en tu puta vida.

—A pesar de todas las tonterías que has hecho, te di la oportunidad de arrepentirte, pero no la aprovechaste. Hubiera podido hacer muchas cosas, pero escogí la menos dañina: devolverte lo que tú mismo me mandaste. Pero todavía puedes salir de acá tranquilo. Solo olvídate de todo y ya. ¿Oíste?

Silencio.

—Sí. Lo oí. Y no quiero. Vamos a salir los dos juntos de acá y en tu oficina me vas a firmar la confesión de todo lo que has hecho. Incluyendo lo de Jenny.

—No sé quién es Jenny.

—Semejante mierda. Ni los nombres recordás, ¿verdad? No sé si quemarte ya mismo. Ganas no me faltan. Pero no. Vamos a salir tranquilitos, vos delante y yo detrás. ¿*Okay*, pedazo de mierda?

El muchacho —pequeño, compacto y delgado— terminó de quitarse la túnica blanca con adornos rojos y la colgó en el clóset de la sacristía. Iba desnudo debajo del traje que lo hacía parecer un niño. Se vio en el espejo de cuerpo entero del clóset. Se pasó la mano sobre los *piercings* en las tetillas y sobre el tatuaje con forma de dragón que le habían hecho dos días antes en Tattoo Shop. Todavía le ardía un poco, pero había valido la pena. Se imaginó la lengua de Martín recorriendo las formas del dragón. Estaba seguro de que a Martín no iba a gustarle tanto como le habría gustado la Venus de Botticelli. Tampoco le habían gustado las canas artificiales, pero a la mierda los gustos clásicos y los cinco idiomas y la bendición del papa.

Se vistió sin prisas. Jeans blancos ajustados, camiseta con cortaduras de navaja, botines bicolores, collar con una cabra de jade como dije y un solo arito con forma de esvástica. Solo se sintió realmente vestido cuando metió la pistola Beretta .25 en el bolsillo del abrigo de cuero auténtico que le llegaba hasta un poco arriba de las rodillas.

Salió silbando *En la gruta del rey de la montaña,* cerró la puerta de la sacristía y abrió la puertecita secreta que daba al jardín trasero. Le gustaba el jardín. Tranquilo, fresco. Era una manera de evadir a la puta gente que llegaba a la iglesia a escuchar a Martín. No quería verlos. Si hubiera podido, los habría matado a todos. Si Martín se lo pedía, claro. De otro modo, no.

Atravesó el jardín y se sacó un manojo de llaves del bolsillo oculto del abrigo. Oyó voces dentro de la oficina de Martín. Pegó la oreja a la puerta. Las voces se apagaron un momento. Iba a dar media vuelta cuando escuchó que algo caía con fuerza al piso dentro de la oficina. Después, el chirrido de las patas de una mesa o una silla contra el suelo de mosaicos y, al final, el estruendo de algo que se rompía.

Sacó la Beretta, le quitó el seguro y la amartilló. Metió suavemente la llave en la cerradura y empujó la puerta con cuidado. Alguien hablaba en voz alta, susurraba, insultaba, jadeaba.

El muchacho se deslizó entre el marco y la puerta. Entró y cerró delicadamente. Atravesó sin prisa la cocina y se asomó por el umbral entre la cocina y la sala de la oficina de Martín.

El intruso estaba de espaldas y le decía a Martín algo que el muchacho no pudo entender bien. Eso no le importó tanto como el hecho de que el tipo sostuviera una pistola con la que apuntaba al pecho de Martín.

El muchacho levantó la Beretta en el mismo momento en que el intruso se daba vuelta.

El muchacho se quedó viendo al intruso sin poder apretar el gatillo. Trató de entender cómo era posible que un Martín con ropa de calle le hubiera estado apuntando con pistola a otro Martín vestido con ropa de cardenal y cómo era posible que el Martín cardenal estuviera conteniéndose la sangre de la frente con un pañuelo mientras hacía señales para que le disparara al Martín con ropa de calle que no había dejado de sostener el revólver en alto.

La bala de la .38 de Vicente hizo que el muchacho de la esvástica retrocediera de un salto y golpeara con la espalda la pared de la cocina. El muchacho dejó caer la Beretta .25 y se deslizó al suelo como un muñeco al que se le acaba la cuerda.

Fue agachando la cabeza hacia el frente mientras se ahogaba con su sangre, como si pidiera perdón, como si rogara por el alma de un pecador, como si estuviera a punto de recibir en la boca el cuerpo del Salvador.

Vicente volvió a apuntarle al cardenal.

—¿Qué me estabas diciendo? —preguntó, saboreando cada palabra—. Que me arrodille y pida perdón, ¿no? Pues eso es lo que vas a hacer ahora. Arrodillarte. Pero no para pedir perdón.

UN ARGUMENTO INVÁLIDO
Ness Noldo

Un día estábamos departiendo muy a gusto en la barra del bar, hablando de todo un poco hasta caer en los irremediables temas filosóficos, profundos y existenciales. Lo normal es que, con cierto alcohol encima, el barman bien nos pareciera un Aristóteles lo mismo que el que vende chicles todo un Platón, pero bueno... Mi tesis era que la vida era demasiado dura y breve como para poder ser realmente feliz.

Discurriendo en dichos temas elevados irrumpió un par de amigos que querían ser tertulianos de tan sublime parloteo: uno le acomodó el asiento al otro mientras espetaba "mi colega sí sabe lo dura que es la vida", luego lo tomó en volandas y lo colocó cual niño pequeño en el taburete entre nosotros. ¿Por qué? Bueno, imagínese nuestro asombro al descubrir que a aquel sujeto le faltaban ambos brazos.

Nos presentaron: no recuerdo su nombre, pero era un hombrecillo algo escuálido y al saludarlo cometí la gran estupidez de extenderle la mano, que para no verme como un tonto quise disimular y terminé un "mucho gusto" dándole unas palmaditas en la cabeza como a un perro, lo cual quedó peor visto. No pareció molestarle el gesto y sin perder tiempo encarriló la conversación; su amigo le acercó un vaso de cerveza con una pajilla.

Poco a poco fuimos quedando solo él y yo en el intercambio dialéctico, donde invocamos a Kierkegaard, Sartre, Marcel, Heidegger, Schopenhauer, entre otros... Pero la tertulia sería aburrida si nos hubiésemos quedado ahí recordando sabiondos muertos, cuando enfrente mío tenía a un singular ser vivo que predicaba el amor por la vida desde su lamentable condición, así que empecé las preguntas interesantes:

—Cambiando de tema, ¿qué fue lo que le pasó? —pregunté, cortándole el rollo filosófico.

—¿Se refiere a mis brazos?

Parecía algo alterado al perder de tajo la inspiración en su discurso, por lo que intenté matizar un poco.

—Sí. Disculpe el atrevimiento.

—Descuide, siempre me lo preguntan... No fue un accidente ni nada parecido, nací así y ya. Siento decepcionarlo, sé que suena aburrido.

Pero, en realidad, su desgracia me parecía fascinante. Le dio un sorbo hondo a la pajilla y, al verle haciendo grandes esfuerzos por beber su cerveza, empiné la mía y me asaltaron montón de interrogantes: ¿Cómo sobrelleva la vida este tipo? Y otra cosa, ¿cómo la pasan quienes se encargan de sus cuidados? ¡Su amigo actual debe quererle como a un santo o más que a su propia madre! Sus brazos no existen hasta bien arriba del codo y sus muñones no tienen ningún injerto ni nada similar a un apéndice para valerse por sí mismo de alguna forma. ¿Cómo hace con su higiene íntima? Tenía que despejar algunas dudas, así que le pedí otra cerveza. En algún momento tendría que ir al baño.

—Pues, le decía que como bien sabrá, Sartre considera que la existencia precede a la esencia; pero es que, si nos remitimos a Pascal...

—¿Quiere otra cerveza? Lo veo seco.

—¿Eh? Bueno... está bien.

Le corté otra vez porque ya estaba metiendo el manido cristianismo a la argumentación, lo cual la vuelve inapetente. Y dicho sea de paso que no me había dado cuenta, pero en su pescuezo asomaba una gruesa cadena de la que colgaba un brillante crucifijo dorado, cuyos fulgores, desde ciertos ángulos y con un poco de malévola imaginación, le daban un cómico aire rapero a nuestro personaje. ¿Era cristiano? ¿Era rapero? Bueno, digamos que por obvias razones no lo podrían crucificar, así que debía de ser lo segundo, aunque a la hora de tirar su lírica no pudiese hacer todas esas señales barriobajeras y demás ademanes para meter ritmo... Pff. Qué aburrido... ¿Y quién le colgó el crucifijo?

—Por cierto, ¿a qué se dedica? —no aguanté preguntarle, disimulando un eructo.

—Soy misionero. Adventista.

Uy, esto se ponía interesante. No era rapero.

—¡Vaya! ¿Un cristiano en una cantina? Creí que guardaban el sábado.

—Lo hacemos: es obvio que no estoy aquí trabajando, mi amigo.

Amigos los huevos.

—Hmm —bebí cerveza—. No lo dudo.

—Disculpe que se lo diga, pero el suyo es un argumento inválido. Contrario a usted, yo considero que la vida es demasiado hermosa y breve como para no poder ser feliz —hizo una pausa—. Aunque le diré que prefiero beber vino.

¿Un argumento inválido? Viniendo de él es como que un calvo te diga que tu idea es descabellada. ¡Chiste fácil! Se chupó la cerveza como si fuese un batido de fresa, ruidosamente. ¿Acaso estaba molesto? Los cristianos son un libro abierto.

—Me intriga saber qué tiene de hermosa la vida para alguien como usted.

—Momentos como este, por ejemplo.

—A ver...

—Dios me puso aquí para que tengamos esta conversación mientras disfrutamos de unas buenas cerve... —se detuvo al oírme soltar una risa nasal—. ¿De qué se ríe?

—No creo que Dios lo haya puesto en una asquerosa cantina para hablar de filosofía con un ebrio.

—A lo mejor Dios me puso aquí para hacerle valorar más la vida que le dio. A veces uno debe ensuciarse, ¿sabe? Debería estar más agradecido.

—¿Usted lo está? ¿Le agradece a Dios cada mañana por la maravillosa vida que le tocó?

Se giró hacia mí en actitud desafiante y sin despegarme la vista ordenó a la barra alzando la voz:

—¡¡Otras dos!! —y continuó—: Lo estoy. La labor que Dios me dio es servir de ejemplo y ayudar a los infelices como usted.

Ya empezamos... ¿Es un pájaro? ¿Es un avión? ¡No! ¡Es Supermanco!

—Debe sentirse como alguien especial, pero en el fondo los superhéroes como usted son los más infelices.

—No se burle. Soy capaz: estudié Teología y llevó años en esta labor. Lo que me recuerda que olvidé preguntarle su ocupación.

Se había tardado. Usar tu invalidez y mala suerte como un superpoder que no todos poseen es realmente patético. Esto ya había dejado de ser un debate serio, pero debía llevar la fiesta en paz para revelar los dilemas de este sujeto.

—Soy catedrático. De Filosofía.

—¿En serio? —aquí se echó unas risas—. ¡Conque filósofo!

—Eh... no. Doy clases de Filosofía, no soy filósofo.

—¡Da igual! Déjame adivinar: a que eres ateo.

Efectivamente, pero ojo, que ese súbito cambio de trato me pareció un atrevido abuso de confianza. ¿Un par de cervezas y ya estaba el muy cabrón tuteándome?

Pues mejor que no se hiciera ideas porque no le iba a ceder ni un palmo (sic) de terreno.

—Sus cervezas —anunció el barman, colocándolas en la barra para dejarnos en nuestra charla, la cual entró en una tensión incómoda.

—Oye, bebe tranquilo. Le seguimos cuando quieras.

—Claro —le respondí—. Después de USTED.

Hice énfasis en el pronombre y se le quedó viendo ido al vaso un rato. No había pajilla.

—¡Tú! Te faltó la pajilla, campeón —reclamó al barman y este le señaló en la barra el recipiente de donde debía tomarlas.

—¿Acaso estás ciego, bayunco?

¡Bayunco! Ahora sí que estaba molesto. Agitó los muñones como un pajarraco desplumado.

—¡Uy, perdóneme! —le dijo el bayun... el barman, poniéndole la pajilla al percatarse de que al desgraciado le faltaban partes del cuerpo.

—¿¡Puede usted creerlo!? —me exclamó con las cejas arqueadas—. ¡Por Dios! —le dio un chupete a la birria y yo quise fingir asombro levantando también mis cejas. Buenas noticias: ¡ya no me tuteaba!

En fin, que nos desviamos un poco: ¿Cómo hizo para leer esos libros de filosofía y teología? ¿Hay alguien inclinándole el libro que le cambia la página o le narra? Si no hay nadie, ¿pasa la página con la nariz o quizá con la lengua? No he visto sus pies desnudos, pero asumiendo que son sanos, le sería más fácil hacer esas maniobras con los ortejos, como los monos, al fin y al cabo, la flexibilidad de nuestros pies es muy similar a la de los simios grandes. Claro, la tecnología actual le facilitaría las cosas y puede usar el teléfono con un narrador virtual, pero... ¡son aparatos táctiles! Lo cierto es que cuando se trata de necesidades fisiológicas todavía no estamos tan avanzados tecnológicamente. Cuando la Naturaleza llama a evacuar, hay que evacuar y a nuestro desdichado amigo por fin le llegó el llamado:

—Disculpe. Ya vuelvo.

Luego, inclinándose hacia su amigo en voz baja:

—¡Pst! Fulano, debo ir al baño...

—¿Justo ahora? ¿Estás seguro, Mengano?

—Sí. Tengo que ir ya... ¡Fulano!

El amigo estaba entretenido hablando con una rubia muy pasada de copas y no le hizo mucha gracia la emergencia de su colega. Para quedar bien ante ella, hizo un comentario condescendiente sobre la condición del minusválido y que perdonara su ausencia temporal, pero aquel requería su ayuda.

Como los taburetes en la barra eran algo altos, Fulano sujetó al otro por los sobacos sin bajarse de su asiento, lo sentó en su regazo un momento y así como estaban, con todo y urgencia en la vejiga, montaron un numerito:

—Fulano, ¿sabías que nuestro filósofo es un ateo?

—¿Cómo dices, Mengano? ¿Que nuestro amigo es ateo? ¡No-puede-ser! —sobreactuó una mueca de sorpresa.

—¡Sí! ¡Nuestro amigo es un ateo!

Amigos los huevos.

La rubia borracha en el rincón se carcajeaba con la ridícula escena. Imagíneselo: sentado en las piernas del otro y con voz chillona aquel parecía el muñeco del ventrílocuo, quien fijo lo hacía hablar metiéndole la mano por el cul...

—¡Culpable! —espetó el ventrílocuo, viendo de reojo a la borracha a ver si seguía riéndole las gracias—. ¡Fulano! Qué te he dicho de juzgar a los demás por sus creencias. ¡Tendré que castigarte!

¡Jum...!

—¡No, Mengano! —empezó a patalear—. ¡Cosquillas no, que me meo!

El dúo de payasos tenía menos gracia que un mojón encima de un pastel y la rubia hacía mucho que había fondeado, así que el ventrílocuo se bajó con su muñeco del taburete.

—Disculpe a mi colega —me dijo—. Es un poco

malacopa —y juntos se fueron a los baños.

¡Esta era mi oportunidad! Los dos ya llevaban mucho tiempo metidos en los baños. Ahora había que averiguar cómo está la cosa: ¿el amigo se limita a bajarle la braguета o también le sacude el miembro luego de la micción? Y hablando de sacudir miembros: ¿cómo satisface el pobre sus menesteres sexuales? A lo mucho tendrá poluciones nocturnas e involuntarias. Debe de ser un infierno mirar los maniquíes modelando lencería, publicidad sugerente, una pareja besándose, unos gatos apareándose en plenilunio, o ya que estamos, los pelos de un trapeador que esté boca arriba, sin poder controlar una inminente erección.

¿Cómo se atreve un individuo como este, con semejante minusvalía por delante, a ir con sonrisitas por la vida como si no tuviera problema ninguno? Eso de que trate de normalizar su comportamiento es pura hipocresía. ¡Qué vida de mierda! Ser una carga para los demás al depender de otros en todo: alguien debe cepillar sus dientes, alguien debe hacerle comida, cambiarle sus trapos, limpiarlo si caga, limpiarle los mocos si resfría... Ser amigo de alguien así debe ser agotador e insoportable y, sin embargo, allá anda su colega de arriba a abajo facilitándole la vida. ¡Ninguna amistad puede ser tan fuerte! Tiene que ser algo más que una mera amistad y llegó el momento de desenmascarar al par de malditos.

Me dirigí a los baños, sigiloso como un gato de dos patas. Había gente, todos en pedo y hediondos. A medida salían del baño pude oír voces detrás de un cubículo. Ambos estaban dentro:

—Menga... sabes bi... te quiero y no... cer... de nuevo.

—Mientes... ya hab...os ...ado esto... ano.

Hablaban en secreto. Me fui acercando para escuchar mejor...

—¡La rubia esa, Fula... dos muy pegaditos... con ella!

—¡Mengano, cálma... Chht! Nos pueden... brir!

Un poco más cerca...

—Bueno, lo prometiste... ¿Me pongo así?

—Sí... Date la vuelta, Mengano... Ábrete...

Segundos después, los ruidos raros: golpecitos, quejidos y luego un perro bebiendo agua. ¡Esto tenía que verlo! Me encaramé en los lavabos, y aquí debo advertir que siempre me consideré alguien de estómago fuerte, hasta el instante en que miré todo desde arriba del cubículo: ¡Fulano ensartando a Mengano! Lo tenía inclinado en 90 grados sobre el retrete mientras lo sujetaba por la cadena del crucifijo.

—¡Ajá! —se me escapó—. ¡Lo sabía, fariseo!

—¡El ateo! —gritaron los dos.

Me tiré y salí del baño de prisa hacia la barra. Dejé un hilo de vómito en el camino. No quiero ni imaginar qué era ese lubricante marrón que usaron en la faena. Pagué la cuenta y dejé el bar.

Ya afuera vi salir a Fulano agitado y cabizbajo hacia su coche. Yo estaba por entrar al mío para largarme del lugar cuanto antes, pero en eso escuché gritar "¡No, Mengano! ¡Ya vámonos!", al tiempo que sentí un cabezazo en la espalda que me hizo irme de bruces.

—¡Ateo de mierda!

Era el culorroto del cristiano discapacitado hecho un energúmeno. Los curiosos no tardaron en salir del bar a fisgonear el evento. Me levanté y remangándome la camisa, le reté:

—¿Puedes hacer esto? —entonces le clavé un derechazo en todo lo que se llama cara.

Mucho equilibrio no tenía porque cayó por allá en calidad de bulto. La gente comenzó a reprenderme, a llamarme cobarde y a destacar que se trataba de un lisiado, como si me importara un carajo.

—¿Qué pasó? —le dije—. Aquí no estás en la puta Teletón, perra.

Se puso de pie como buenamente pudo y arremetió contra mí apretando los dientes. Sinceramente, me esperaba algo más como lo de Zidane en Alemania 2006, pero no estaba preparado para recibir una patada bien encajada en los meros huevos. Caí de rodillas con gran dolor.

—Ojalá algún día te quedes como yo, hijo de puta — le alcancé a oír y ahí, arrodillado, sobándome los huevos, me dejó ir otra patada en el hocico.

Quedé nocaut.

Y usted se preguntará por qué alguien como yo viene a soltarle toda esta desopilante historia. Pues resulta que, varios años después al salir de una juerga maratónica, tuve un lamentable accidente de tráfico que me cercenó ambos brazos...

Será cosa del karma o quizá Dios es un bromista cósmico, pero esta experiencia me ayudó a aprender una gran lección: ahora puedo corroborar de primera mano (no se ría) que no tener brazos es una rotunda mierda.

Así que, aquí estoy ahora: jodido y con un revólver en una mesa frente a mí, preguntándome cómo demonios me pego el tiro.

ACERCA DE LA HERMANDAD DE LA UVA

El presente sello editorial nació como un grupo literario de la Carrera de Letras en UNAH-VS en el año 2008. Nos unieron las lecturas de autores considerados escandalosos y desde el inicio manifestamos un estilo iconoclasta y subversivo, por el cual algunos hemos pagado el precio más alto. Abandonando nuestras correrías juveniles los sobrevivientes del grupo fundamos una editorial amiga de las propuestas frescas y poco convencionales. Nuestro catálogo de autores sigue creciendo y hemos publicado cuento, poesía, novela y próximamente ensayo y literatura infantil. En nombre de los editores que conformamos La Hermandad de la Uva queremos agradecerles por adquirir nuestros libros.

Made in the USA
Columbia, SC
24 June 2023

18797796R00076